PAPEL RECICLADO
100%

Piruleta

Christine Nöstlinger

Traducción de Mario García Aldonate
Ilustraciones de Angelika Kaufman

TÍTULO ORIGINAL:
LOLLIPOP

1977, BELTZ VERLAG, WEINHEIM UND BASEL
PROGRAMM BELTZ & GELBERG, WEINHEIM
De esta edición:

ALFAGUARA

1984, Ediciones Alfaguara, S. A.
1987, Altea, Taurus, Alfaguara, S. A.
1992, Santillana, S. A.
Elfo, 32. 28027 Madrid
Teléfono 322 45 00

• Aguilar, Altea, Taurus, Alfaguara, S. A. de Ediciones
Beazley, 3860. 1437 Buenos Aires

• Aguilar, Altea, Taurus, Alfaguara, S. A. de C. V.
Avda. Universidad, 767. Col. Del Valle,
México, D.F. C.P. 03100

I.S.B.N.: 84-204-4777-3
Depósito legal: M. 6.710-1995

Primera edición: julio 1984
Décima quinta reimpresión: marzo 1995

Una editorial del grupo **Santillana** que edita en:
España • Argentina • Colombia • Chile • México
EE.UU. • Perú • Portugal • Puerto Rico • Venezuela

Diseño de la colección:
JOSÉ CRESPO, ROSA MARÍN, JESÚS SANZ

Impreso sobre papel reciclado
de Papelera Echezarreta, S. A.
Printed in Spain

 Piruleta

Cómo Piruleta
llegó a ser Piruleta

EL no se llamaba en realidad Piruleta Meier, sino, a decir verdad, Víctor Manuel Meier. Víctor por su abuelo y Manuel por su tío abuelo, que era su padrino. Pero el señor Albrecht, el de la droguería, le había dicho: «Víctor Manuel, eso es nombre para un rey. Muchos reyes italianos llevaron ese nombre.»

Piruleta se fue a su casa, se puso frente al espejo y se contempló largamente. Luego se dijo: «No, no me parezco casi en nada a un rey italiano. Así que no pienso seguir llamándome Víctor Manuel.»

Fue un atardecer cuando Piruleta llegó a esta importante conclusión, y tuvo que hacerlo él solo porque su madre no había regresado del trabajo, su hermana seguía en la clase de piano, su abuela se había marchado a la peluquería y su abuelo se había muerto en Semana Santa.

En el caso de que algún lector piense que el padre falta de la lista de los parientes ausentes, diremos, y de una vez para siempre, que Piruleta no tenía ninguno, ninguno de verdad. Ninguno que por la mañana se siente durante horas en el baño y se fume allí un cigarrillo. Ninguno que después empiece a buscar las llaves del coche y termine culpando a todos de haberlas perdido. Ninguno a quien llame el maestro y venga después pegando cuatro gritos; y ninguno, tampoco, que le arregle la bicicleta y le cuente de cuando era pequeño, y de cómo una vez se escapó de su casa, con tres latas de caballa para el viaje.

El padre de Piruleta vivía en el otro extremo de la ciudad. Su mujer se llamaba Amelia. (Lo menciono únicamente porque a Piruleta este nombre le daba risa.) Tres hijos tenía el padre con esta Amelia, y cada cuatro domingos recogía a Piruleta y a su hermana por las tardes para sacarles a pasear; y cuando llovía, entraban a un café. No hace falta saber más acerca del padre porque no volverá a aparecer en todo el libro, y porque era muy aburrido lo que les sucedía cada cuatro domingos por la tarde. Para Piruleta, para la hermana y probablemente también para el padre.

Lo más emocionante que ocurrió fue una vez que, en el café, apareció una hormiga en el bizcocho. Muerta al hacerse el bizcocho, naturalmente, y el padre se negó a pagarlo.

—Un bizcocho con una hormiga dentro —le dijo a la camarera— es algo repulsivo e incomestible.

Largo rato discutieron el padre y la camarera, y mientras tanto Piruleta se comió de puro aburrimiento todo el bizcocho.

Dejó naturalmente el trozo de bizcocho con la hormiga, pero el trozo, por desgracia, se cayó al suelo y rodó debajo de un asiento, sin que lo pudieran encontrar. La camarera aprovechó para decir que lo de la hormiga había sido una invención. Sin pruebas no iba a creerse ella que sus bizcochos de primera clase contenían una hormiga. El padre tuvo que pagar el bizcocho y se quedó de mal humor. Piruleta y su hermana se preguntaron a lo largo del trayecto a casa si estaría de mal humor por culpa de la camarera o de Piruleta.

Un nuevo nombre le hacía falta a Piruleta, porque él no era ningún rey italiano. Se le ocurrían muchos nombres, pero él quería hacer las cosas bien y se dijo: «No se bautiza uno a sí mismo; se debe ser bautizado por otro.»

Así que Piruleta esperó hasta que su madre llegó del trabajo y su hermana de la clase de piano y la abuela de la peluquería. La madre y la hermana y la abuela se esforzaron de verdad, pero entre las tres tenían menos imaginación que un caballo viejo. Se les ocurrió «Pipsi», «Chispi», «Boy», «Ratón» y, finalmente, hasta «Peluso». Pero éstos no son nombres para alguien que hasta entonces se ha llamado como un rey italiano.

Piruleta salió a llamar en todos los pisos vecinos. Se lo podía permitir porque todos los inquilinos le querían, y a todos les preguntó por un nuevo nombre, pero a nadie se le ocurrió más que a la madre, la hermana y la abuela. Algunos pensaron incluso que no era posible cambiarse de nombre, y otros opinaron que Víctor Manuel era un nombre muy bonito para Piruleta.

Y entonces se fue a ver a Otto. Otto tenía un establecimiento al lado del portal de la casa, pegado a la droguería del señor Albrecht. No es nada fácil explicar qué clase de establecimiento era. Un poco, lechería, pues se podía comprar mantequilla y nata y leche pasteurizada, pero no leche fresca. La tienda era también un poco como una verdulería, ya que Otto vendía patatas y cebolletas y pepinos y manzanas, pero no tenía nunca ni fresas ni melocotones ni albaricoques. También era como una tienda de golosinas. El mostrador de cristal estaba lleno de frascos de caramelos, caramelos rellenos y caramelos para la tos y de frambuesa y caramelos ácidos; y muchas cajas con turrones y ositos de goma dulce y lazos azucarados ocupaban los estantes de la tienda de Otto. Vendía además agujas de coser y automáticos y cintas de goma y tizas de sastre. Seguramente por eso había a la entrada un letrero con la inscripción «Artículos varios», y mucha gente, se

guramente también por eso, le llamaba «Variados» Otto.

Piruleta, que aún seguía preocupado por la cuestión de su nombre, entró a la tienda de variados Otto, y se sentó sobre un saco de patatas, en el rincón donde se apilaban unos tambores de detergente, y cogió una piruleta de una caja que había sobre un estante al lado de las patatas. Una piruleta verde con un suave sabor a menta. Sentado sobre las patatas y lamiendo su piruleta pensaba mucho mejor, lo tenía comprobado. Sobre las patatas y con un caramelo en la boca se le ocurrían soluciones a cuentas complicadísimas, incluso a algunas que aún no había aprendido en la escuela.

Las piruletas verdes de sabor a menta venían de América. MADE IN USA se leía en la tapa de la caja de los caramelos. Encima, en un recuadro azul y con grandes letras rojas, venía escrito PIRULETA. ¡Por lo visto así llaman los americanos a estos caramelos con palito!

Piruleta lamía y pensaba en su nuevo nombre. Sin embargo, llegó a la sencilla conclusión de que por mucho que pensara, tendría que andar por la vida como un rey italiano, porque a nadie se le ocurría el nombre que le viniera bien; y comenzaba precisamente a resignarse cuando Variados Otto se apoyó en un estante, cruzó los brazos sobre la barriga, contempló sonriente las cajas de las piruletas, contempló a Piruleta y dijo:

—Qué, Piruleta. ¿En qué piensas con esa cara tan seria?

¡Así fue! Así recibió Piruleta su nombre. Fue, desde luego, bastante trabajoso para Piruleta acostumbrar a la gente a su nuevo nombre. A la portera especialmente, ya vieja y muy gorda, le costaba mucho acostumbrarse. «¿Cómo te llamas ahora?», le preguntaba una y otra vez. «¿Cómo?» Piruleta le gritaba «Piruleta» diez veces al día en la oreja izquierda. (Por la oreja izquierda oía un poco mejor.) La portera se esforzaba realmente, pero unas veces decía «Tiruleta», otras «Liruleta» o «Riruleta», hasta que Piruleta le escribió su nombre en un papel. La portera guardó el papel en el bolsillo del delantal y cuando se encontraba con Piruleta sacaba el papel, se colocaba las gafas y leía: «Hola, Piruleta.»

Duro trabajo fue también acostumbrar a la maestra a pronunciar el nuevo nombre. No era sorda, simplemente no quería hacerlo. Piruleta le decía en cada recreo, antes de entrar a clase y después de la clase, que se llamaba «Piruleta» y no de otra manera. ¡No servía de nada! Siguió diciéndole «Víctor Manuel», hasta que Piruleta perdió la paciencia y dejó de ponerse de pie cuando escuchaba «Víctor», y dejó de responder cuando ella le pedía algo a «Víctor Manuel».

Unas dos semanas se mantuvo él en esta actitud. Ni siquiera se conmovió cuando la maestra le dijo, en medio de la clase de

matemáticas: «Víctor Manuel, tengo una pegatina de Porki para ti. ¡Una rarísima!», y eso que a Piruleta le entusiasmaba coleccionar pegatinas de Porki, y justamente esa, esa que la maestra le estaba mostrando, le faltaba y no había podido encontrarla en ningún kiosko.

Un jueves, a la tercera semana, en la segunda hora, durante la clase de lectura, la maestra se rindió. Leían todos el cuento de las monedas que caen de una estrella y Piruleta se hurgaba la nariz y miraba por la ventana. Fuera no había nada especial, un cielo azul con tres pequeñas nubes blancas, y tampoco el cuento de la estrella y las monedas era nada especial. De pronto exclamó la maestra:

—¡Piruleta, deja de mirar por la ventana, ponte a leer y quítate el dedo de la nariz, Piruleta!

Desde ese momento Piruleta no se hurgó la nariz en la escuela ni miró por la ventana ni se distrajo nunca más de la lectura, y la maestra le llamó siempre «Piruleta». Se acostumbró tanto al nombre de «Piruleta» que, no mucho después, cuando la directora le preguntó si Víctor Manuel seguía siendo un buen alumno de gimnasia, afirmó rotundamente que en su clase no tenía a ningún Víctor Manuel.

Piruleta necesita
una piruleta

Piruleta tenía muchos amigos, pero ningún *amigo*. No tenía ningún *mejor amigo*. Excepto Variados Otto. Pero Otto tenía más de cincuenta años y esperaba jubilarse para las Navidades del año siguiente. Casi jubilados y chicos pequeños pueden llevarse muy bien, naturalmente, aunque resulta pesado para ambos. A Otto le gustaba hablar y hablar, y también escuchar y escuchar, lo que cansaba a Piruleta. Piruleta necesitaba, por ejemplo, una pieza en forma de T con tres tuercas, para una máquina que estaba construyendo. Piezas en forma de T con tres tuercas se consiguen a buen precio en las chatarrerías. Esto resultaba muy pesado para Variados Otto. Recorrer las callejuelas durante horas en las pausas del mediodía y revolver en cajones enormes llenos de trastos, en busca de piezas en T con tres tuercas, fatigaba a un casi jubilado.

A Variados Otto tampoco le apetecía leer las tiras de comics. Le embarullaban la cabeza. Era incapaz de distinguir los globos

que indicaban un diálogo de los que indicaban un pensamiento, y el «aj, aj» le sonaba una y otra vez como una exclamación de alegría, y cuando Piruleta se quejaba de su madre o de su abuela o de su hermana, Variados Otto no siempre le daba la razón, lo que hubiera sido, sin embargo, de esperar de un *mejor amigo*. Por eso quería Piruleta un chico como su mejor amigo. Entre los compañeros de Piruleta había muchos que con gusto le hubieran pedido ocupar ese lugar, pero Piruleta pensaba en otro, en uno muy determinado.

Piruleta se acercaba todas las noches, antes de ir a la cama, a mirar por la ventana de la cocina, que daba a un patio, y detrás del patio, tras un muro, había otro patio, y detrás, otra casa. Con sus ventanas de la cocina y ventanas del pasillo y ventanas del baño. Por la noche, la mayoría de las ventanas estaban a oscuras. Pero siempre que Piruleta se acercaba al anochecer a la ventana de su cocina, en la otra casa, en el segundo piso, a través de una ventana con luz, veía a alguien allí. Mucho no podía ver Piruleta. Pero sí que era un niño de unos ocho años y cabello rubio y bastante delgado.

Ese era el chico que Piruleta quería como *mejor amigo*. Ese y ningún otro. Era realmente curioso. Piruleta conocía a todos los niños del barrio. Pero a su *mejor amigo* no le había visto nunca todavía, excepto por la ventana. Ni en la calle, ni en la escuela, ni en el parque, ni en la piscina; tampoco de compras en ninguna tienda.

Piruleta iba a menudo a la casa donde vivía su amigo, y rondaba por allí. Entraba y subía hasta el segundo piso, donde había seis viviendas. De ellas, tres no podían ser, porque quedaban demasiado a la derecha. Restaban tres: las de Hodina, Bunsl y Kronberger.

Piruleta no era un chico asustadizo, pero llamar tranquilamente en casa de Hodina, Bunsl y Kronberger y preguntar por alguien de quien no sabía el nombre, era excesivo para él. Una vez, sin embargo, quiso intentarlo, y casi lo hubiera conseguido, pero se topó con una mujer en el primer piso que aparentemente no tenía nada que hacer. Estaba espiando. Tenía una nariz de zanahoria, y cuando ya Piruleta, frente a una de las tres puertas, iba a apretar el timbre, contando sobre los botones de su camisa «debo — no debo — debo — no debo», la vieja se asomó a la escalera y le gritó:

—¿Qué andas buscando en casas ajenas? ¡Lárgate de aquí, y rápido!

A Piruleta no le gustaban nada las mujeres con nariz de zanahoria, así que cuando se encontraba con ésta corría escaleras abajo y pasaba zumbando delante de ella.

Variados Otto prometió ocuparse del asunto. A su tienda venía mucha gente del barrio y a la mayoría le gustaba muchísimo charlar con él.

—Piruleta —dijo Otto—, mañana, después de la escuela, te informaré.

Escribió «Hodina, Bunsl, Kronberger» en un papel y puso el papel al lado de un bartolillo en la vitrina.

Al día siguiente, nada más salir de la escuela, fue Piruleta a recoger su información. Otto le explicó:

—La señora Brettschneider, que sabe todo lo del barrio, me dijo que Hodina es un funcionario jubilado que vive con un perro salchicha.

—¿Y Bunsl? —preguntó Piruleta.

—De Bunsl sé por la señora Simanek. Bunsl es cobrador del autobús, tiene mujer y dos hijas bizcas.

—¿Y Kronberger? —Piruleta estaba ya excitadísimo.

—Sí, ése es —dijo Otto, y cruzó los brazos sobre la barriga.

Piruleta se sentó en el saco de patatas, cogió del estante una piruleta verde con sabor a menta y dijo:

—Otto, si no te es difícil, habla un poco más rápido. ¿Qué pasa con los Kronbergers?

—Tienen una tienda de aves y huevos —dijo Variados Otto—, y el niño en cuestión responde al nombre de Tommi.

Otto solía dar estos rodeos al hablar, pero Piruleta podía ser muy paciente, y así pudo enterarse poco a poco de que los padres llevaban a Tommi todas las mañanas a las siete a la tienda, y de que Tommi iba a la escuela que quedaba allí cerca. Por las tardes, hacia las siete y media, dijo Otto, volvía Tommi a casa con sus padres; y los fines de semana salían al campo los Kronbergers a comprar huevos. Naturalmente que llevaban a Tommi con ellos.

—Y por eso —dijo Variados Otto—, por eso sólo se le ve por la ventana de la cocina al atardecer.

Piruleta buscó en las páginas amarillas de la guía de teléfonos, bajo *Aves-Huevos,* y encontró allí un R. Kronberger, calle de la Fuente, 4.

—Siete paradas en el Tranvía J y luego bajas por la primera calle —le indicó Variados Otto.

Piruleta se compró en la Empresa de Transportes un billete para menores, un bono de tranvía para niños, que era más barato. Esperó las siete paradas del tranvía y bajó por la primera calle.

La puerta de la tienda de huevos y aves tenía una campanilla musical que tocaba una canción que decía: «Sé siempre fiel y honesto…», cuando se bajaba el picaporte. Detrás de un mostrador de cristal con hígados de pollo, menudillos de pato, cuellos de ganso y patas de pollo, había un hombre vestido con una bata blanca llena de manchas de sangre. Si algo no había podido soportar Piruleta en su vida, eran las manchas de sangre sobre una bata blanca y el olor de las aves de co-

rral. Casi se cayó de espaldas. Contuvo la respiración y, con la mirada fija en el suelo, dijo:

—Un huevo, por favor.

El hombre de blanco con las manchas de sangre le puso el huevo en la mano y le pidió dos chelines [1]. Piruleta pagó y se fue de la tienda. No tenía la menor intención de llegar a su casa con el huevo. El hombre de blanco ni siquiera se lo había envuelto, y no hay nada más estúpido que un niño atravesando el barrio con un huevo en la mano.

Piruleta se topó con un perro, bastante grande. Quiso cruzar a la acera sin perro, lo que hacía siempre que veía algún perro muy grande, pero el animal fue más rápido, se abalanzó sobre él y le arrebató el huevo de la mano. Piruleta se quedó temblando un largo rato, incluso después de que el perro desapareciera por la esquina. En el meñique tenía una manchita roja, y cuando se apretaba la piel, la mancha roja crecía. Era un recuerdo del colmillo del perro.

Al día siguiente compró Piruleta en la Tienda de Aves y Huevos un cuello de ganso, que le costó tres chelines, y no consiguió librarse de él al volver a casa. Lo intentó dos veces: una dejándolo en un banco de la alameda, otra en el alféizar de una ventana. Pero cada vez aparecía alguien corriendo detrás de él, agitando el envoltorio con el cuello de ganso y gritando:

---

[1] Aproximadamente quince pesetas (1983).

—¡Eh, chico, tu paquete!

La madre de Piruleta se quedó muy sorprendida cuando vio por la tarde el cuello de ganso en el cubo de la basura. La hermana y él juraron por todos los santos que no sabían nada de aquello.

—Tonterías —exclamó la madre—. Uno de vosotros tiene que haberlo traído.

Piruleta ni pestañeó, pero la hermana se puso colorada, como le ocurría siempre que la madre les regañaba.

—Qué escondes, a ver, te has puesto toda roja, se ve que estás mintiendo —increpó la madre a la hermana—. ¿Por qué no dices de dónde sacaste ese horrible cuello de ganso? —preguntó muy enérgicamente.

La hermana se puso todavía más colorada.

—Yo no he sido, de verdad que yo no he sido, palabra de honor —gemía con desconsuelo, roja la cara como un pimiento morrón.

—Ya está bien, y basta de escándalo por un estúpido cuello de ganso —exclamó la abuela—. Será mejor que alguno vacíe el cubo, antes de que esa porquería empiece a oler mal.

Piruleta cogió el cubo y lo bajó.

Al día siguiente compró Piruleta treinta gramos de hígado de pollo, al otro día una molleja, y al otro, un paquete pequeño de manteca. Y cada vez veía alguna pequeña pizca de Tommi, pero nada más; pues detrás del mostrador había una puerta que daba a una habitación. La puerta estaba siempre entreabierta, y podía oír dentro una voz de mujer y una voz de niño.

Una vez decía la voz de la mujer:

—Come ahora, Tommi, y luego harás los deberes.

Otra vez decía la voz del niño:

—No tengo hambre.

Un día Piruleta vio la pierna de Tommi balanceándose, y otra le vio la mitad de la cabeza, cuando Tommi se asomó por la puerta.

Piruleta estaba bastante desconcertado. Además, la tienda de huevos y aves se estaba tragando su paga semanal. Al llegar el fin de semana Piruleta se vio en graves aprietos.

La hermana le dijo a la madre:

—¡Lo he visto, mamá. Todas las tardes Piruleta se sube al Tranvía J!

La madre se empeñó en que Piruleta le contase dónde iba todos los días. Y la madre podía ser tan testaruda como Piruleta.

—Piruleta, tengo que saber lo que haces —le decía ella.

—No —decía Piruleta.

—Sí —decía la madre.

—Que no —exclamaba Piruleta, ya bastante enfurecido.

—Mira, Piruleta —le dijo la madre—,

estoy sentada en la Oficina y el Jefe me dicta una carta con tres palabras extranjeras en cada línea, pero yo me pongo a pensar a dónde va mi Piruleta en el tranvía, y entonces me equivoco en la carta, y el Jefe se enoja y no me aumenta la paga en Navidad.

Eso sí que no quería Piruleta que ocurriese, así que le contó a la madre lo de su amigo, que se llamaba Tommi, y lo del cuello del ganso, incluso lo del huevo y el perro enorme, que casi le arranca el dedo de un mordisco. Y la madre se echó a reír con lo del perro y el huevo, lo que hizo enfadar a Piruleta. Acababa de decirle que se preocupaba por él, que llenaba las cartas de errores, ¡y ahora se reía, después del peligro por el que había pasado su dedo meñique!

Por la tarde la madre se acercó con él a la ventana de la cocina y saludó a Tommi con la mano. Tommi respondió al saludo. La hermana dijo:

—Escríbele una carta, será lo más sencillo.

Pero Piruleta era contrario a las cartas, a causa de sus faltas de ortografía. La abuela le dijo:

—Espera temprano frente a la puerta de su casa, a las siete, cuando él salga.

Pero Piruleta no era madrugador, y a las siete de la mañana aún no se encontraba muy despierto. Le costaba trabajo hablar y estaba tan sordo como la portera. A las siete de la mañana en ningún caso podía sentirse Piruleta en condiciones de ofrecer su amistad a ningún chico, mucho menos que en la tienda de aves.

Le quedaba a Piruleta una sola posibilidad, de la que hacía uso muy pocas veces, porque le daba un poco de grima: mirar a través de una piruleta verde. Piruleta lo había descubierto de pura casualidad. Para esto necesitaba una piruleta verde de las grandes, marca PIRULETA MADE IN USA. Luego debía chuparla cuidadosamente por las dos caras, de modo que no se hiciera más pequeña, sino muy fina. Tan fina que fuera transparente. Y cuando Piruleta se colocaba el caramelo delante de un ojo, se tapaba el otro y miraba fijamente a alguien a través de él, ese alguien hacía exactamente lo que Piruleta quería. Sin que Piruleta dijese ni una palabra.

Piruleta aplicaba la mirada a través de la piruleta sólo en casos extremos. Y ahora se hallaba ante un caso extremo. Por tanto, bajó a la tienda de Otto, se sentó sobre las patatas, cogió un caramelo verde y comenzó a lamerlo para dejarlo como era debido. Muy fino y transparente, como un cristal. Y se fue entonces a la parada del tranvía.

—Hola, pequeño —dijo el hombre de la bata blanca con manchas de sangre cuando

Piruleta entró en la tienda—. ¿Qué te damos hoy?

Esta vez la puerta que daba a la habitación estaba cerrada. Piruleta se cubrió el ojo izquierdo, se puso la piruleta delante del derecho y miró fijamente al hombre de blanco, que ahora era verde claro.

—Vaya, vaya —dijo el hombre verde claro—. Quería preguntarte ayer si no eres tú el chico que vive enfrente de nosotros, al que nuestro Tommi ve cada tarde en la ventana. El que le saluda.

Piruleta asintió con la cabeza.

—Sí, sí, naturalmente que eres tú.

Piruleta volvió a asentir.

—Pues anda, pasa. Tommi se pondrá contento. No tiene realmente ningún amigo —dijo el hombre verde claro.

Piruleta se metió la piruleta en la boca y pasó rodeando el mostrador. El hombre de blanco abrió la puerta de la habitación. Tommi estaba sentado en un sofá cama. Leía una historieta de Micky Mouse y se hurgaba la nariz.

—Me gustaría ser tu amigo —dijo Piruleta.

—Bueno. Como quieras —dijo Tommi. Y jugaron al dominó y también leyeron un montón de tebeos de Micky Mouse.

A la señora Kronberger le cayó bien Piruleta. Telefoneó a su mamá a la oficina, y entre las dos se pusieron de acuerdo para que Piruleta fuese a casa de Tommi todos los martes, y Tommi a casa de Piruleta los viernes. Y así se hizo.

Sin embargo, pronto se vio que Tommi, excepto «Bueno. Como quieras», no decía mucho más y que no quería jugar a nada que no fuese al dominó, ni leer otra cosa que tebeos de Micky Mouse.

—Pero, hombre, Piruleta —decía su hermana los viernes por la tarde, después de que Tommi se fuera—. Pero, hombre, ¿qué le encuentras a ese chico tan memo?

—Tiene una cabeza de aserrín, plomo en las piernas y algodón en las orejas —decía la abuela.

—Es mi amigo —decía Piruleta—, por fin tengo uno.

Sin embargo, cuando no era martes ni viernes, ya desde la mañana Piruleta respiraba aliviado, y no volvió más a la ventana de la cocina por las tardes.

Piruleta y el trabajo
de la abuela

La abuela de Piruleta limpiaba las oficinas de una fábrica de artículos eléctricos. Iba allí a limpiar todos los días, excepto sábados y domingos, de cinco a ocho de la mañana. Por quince horas semanales no sacaba la abuela para vivir, naturalmente, pero también cobraba la pensión del abuelo muerto. Con la pensión y el sueldo de la limpieza juntaba para vivir bastante bien. Y hasta le daba algo a menudo a la mamá de Piruleta, ya que la mamá andaba escasa de dinero.

A Piruleta y a su hermana les venía muy bien que la abuela se fuese a trabajar tan temprano. Poco después de las ocho estaba otra vez con ellos, fregaba la vajilla sucia del desayuno, iba a la compra, ordenaba la casa y preparaba la comida del mediodía. Cuando Piruleta regresaba de la escuela, encontraba los platos y el zumo de manzana sobre la mesa; era exactamente igual que tener una abuela que no iba a trabajar.

Pero ocurrió que el edificio de la fábrica de artículos eléctricos donde la abuela limpiaba se fue quedando pequeño, pues la fábrica crecía cada vez más.

—En la oficina ya se sientan unos encima de otros, como en el cuento de los músicos de Brema [1] —contaba la abuela.

Así que la empresa construyó un nuevo edificio, uno más grande, pero que no estaba a la vuelta de la esquina de la casa de Piruleta, sino en la otra parte de la ciudad.

Un edificio tan grande no se termina de un día para otro. El edificio de la firma de artículos eléctricos tardó dos años en construirse, y Piruleta llevaba ya casi dos años oyendo a la abuela decir: «Cuando se cambien, que no cuenten conmigo. No voy a perder una hora para ir y otra hora para volver, sólo por tres horas de trabajo. Además, tampoco son tan simpáticos». Y agregaba: «Cuando se trasladen, me buscaré otro empleo».

Piruleta se daba cuenta de que su abuela tenía razón, pero también de que eso a él no le incumbía; y cuando la abuela explicó que había llegado el momento y que la mudanza sería después del primero de mes próximo, Piruleta no se preocupó en lo más mínimo. Y que la abuela revisara todos los anuncios del periódico le dejaba indiferente. Sólo se enfadó un poco cuando la abuela co-

---

[1] La abuela se refiere a un cuento de los Hermanos Grimm, en el que unos animales muy simpáticos se suben unos encima de otros.

menzó a salir a causa de alguna oferta de
empleo, primero porque se iba al mediodía y
no estaba allí para prepararle su pan con man
tequilla y cebolleta, y segundo, porque por la
noche se ponía a hablar sin parar con la ma
dre sobre las ofertas de trabajo. Piruleta en
contraba esas cosas aburridísimas. «Salario
bruto» y «salario neto» y «paga de vacacio
nes». Incluso hablaba la abuela de cuestiones
como «partes alícuotas de la paga de vacacio
nes». ¡Al diablo con las «partes alícuotas»!
Lo que tendría que hacer es jugar al parchís
y a las cartas con Piruleta y dejarle hacer
trampas.

Finalmente, la abuela encontró un em
pleo a su gusto, y Piruleta respiró aliviado
Pensó: «Bueno, ahora todo volverá a ser
como antes. Ya era hora». Y muy paciente y
bueno que había sido por haber aguantado
tanta palabrería y correteos por culpa del nue
vo trabajo.

El nuevo empleo de limpieza no era
en las oficinas de una fábrica, sino en casa de
una familia que se llamaba Hofstetter. Allí la
Yaya cobraba a la hora mucho más que en
la fábrica. Y la Yaya decía:

—Además, me gustan los Hofstetter
Nos caímos en seguida muy simpáticos.

Piruleta preguntó con asombro:

—Dime, Yaya, ¿se levanta esa gente
tan temprano como para que puedas ir a lim
piar allí a las cinco?

—No —dijo la abuela—. Allí empie

zo a las once. Eso me vendrá muy bien. Podré dormir hasta más tarde. Nunca me ha gustado levantarme tan temprano.

—Ajá —dijo Piruleta, sin sospechar nada malo aún.

Se sintió todavía contento por la abuela, pero cuando ella agregó: «En cambio, trabajo hasta las seis de la tarde», Piruleta lanzó un rugido de león herido.

—¿Y mi comida? —bramó.

Piruleta apreciaba mucho una buena comida, pacíficamente servida y a sus anchas.

—¿Y mis deberes? —bramó.

A Piruleta le gustaba que la abuela viniera a sentarse con su punto, a su lado, mientras él hacía sus largas cuentas sin faltas y sus cortas redacciones llenas de faltas de ortografía. Piruleta volvió a bramar por su pan con mantequilla y cebolleta. Además, siempre tenía que haber alguien en la casa para coserle los botones. Y bramó finalmente porque necesitaba alguien para charlar, pues la hermana se ponía a veces enormemente tonta y no le servía. No había modo de calmar a Piruleta.

—Pero, mira —le dijo la abuela—, no voy más que tres veces a la semana a casa de los Hofstetter. Durante cuatro días estaré en casa todo el tiempo, a partir de ahora.

Tampoco eso fue un consuelo para Piruleta. Estaba de mal humor y se sentía ofendido.

—Espera a ver —le dijo la madre—. No será tan malo como tú crees.

Piruleta continuó de mal humor y ofendido, y esperó, pero resultó aún peor de lo que esperaba. No sólo se quedaba sin abuela tres días a la semana, ¡querían también que hiciera las cosas más espantosas! Tenía que volver de la escuela al mediodía por el camino más corto y quedarse en la cocina a remover la sopa de patatas hasta que se calentara. Tenía que poner los platos sucios en el fregadero y dejar que el agua los cubriese; y tenía que ir a Variados Otto, pero no a sentarse sobre las patatas a chupar una piruleta verde, sino que tenía que ir a Variados Otto con una lista. Con una larga lista llena de cosas aburridas, como harina, y detergente, y azúcar, y arroz. ¡Tenía incluso que recoger los zapatos del zapatero y llevar la manta al tinte!

Y lo peor era que nadie, excepto él mismo, encontraba aquello inaudito. Hasta Variados Otto se reía cuando Piruleta le contaba sus penas. Ni la maestra le comprendía. Cuando Piruleta le decía que no había podido hacer la redacción en casa porque había tenido que retirar la ropa de la lavadora y colgarla en el baño, ella le decía: «Es ridículo, Piruleta, eso lleva sólo unos minutos». Se refería a colgar la ropa y no a la redacción. Una sola persona lo comprendía: Egon, que se sentaba a su lado en la escuela.

—Piruleta —opinó Egon—, ¿no tienes una hermana mayor?, ¿una que es alta y rubia?, ¿que te lleva al menos dos años?

—Claro —dijo Piruleta.

—Entonces no entiendo nada —dijo Egon. Explicó a Piruleta que también su madre tenía que ir al trabajo y que en su casa no había ninguna abuela. Sin embargo, en su casa todo lo tenía que hacer su hermana—. Primero, porque es mayor —dijo Egon— y, segundo, porque el trabajo de casa es trabajo de mujer.

Ese día regresó Piruleta de la escuela a su casa muy contento, a pesar de que era un día sin abuela. En realidad no fue directamente a su casa. Primero fue al parque y jugó un poco al fútbol, y luego acompañó a Egon a la casa para ver su colección de sellos, y fue después a la pastelería a por un helado de frambuesas, y sólo entonces se fue a su casa.

Su hermana tenía una hora diaria de clase, pero ya estaba en casa cuando Piruleta llegó, y furiosa. A Piruleta le habían encargado encender el horno en cuanto llegara, pues la abuela había preparado macarrones con jamón por la mañana y los había dejado en el horno. Sólo faltaba que se dorasen, y estaban, naturalmente, fríos.

—Si hubieras venido a tiempo —protestó la hermana—, estarían ahora dorados y calientes.

Piruleta no respondió.

—Y encima tengo un hambre de lobo

—volvió a protestar la hermana. Observó el horno—. Por lo menos tardarán diez minutos en hacerse.

Piruleta se tumbó a lo largo en los cojines del banco de la cocina y cruzó las manos sobre el estómago.

—Encender el horno y calentar macarrones con jamón es trabajo de mujer, mi estimada hermana —dijo.

—Tú estás loco —dijo su hermana.

Piruleta se calló y no se movió más. Ni siquiera cuando la hermana le pidió:

—Por favor, levántate y trae los cubiertos. Los macarrones ya están calientes.

Tampoco se movió ni dijo nada cuando la hermana le llamó:

—Piruleta, ven a comer, por favor. Y coge el zumo del armario.

Entonces se plantó la hermana frente a él diciéndole de todo. Que era un chiflado y que ella hacía mucho más que él. Que se estaba comportando como un sultán en un harén. Y que era un niño tonto y además vago. Hasta le pellizcó con rabia la barriga, y con fuerza. Piruleta lo soportó todo sin pestañear. Y, por otra parte, no sentía hambre. El helado de frambuesas había sido de tamaño familiar.

Cuando a Piruleta ya le pareció que llevaba una eternidad allí tumbado, con los ojos cerrados y las manos en el estómago, recordó que era martes y que Tommi le esperaba en la habitación de la tienda. Se levantó

con la intención de salir, pero la hermana le cerró el paso en la puerta de la casa.

—¡Unicamente saldrás pasando sobre mi cadáver! —le dijo—. ¡Primero friega los platos!

—Yo no he comido nada —dijo Piruleta.

—No importa —respondió la hermana.

Piruleta le dio una patada a su hermana en la espinilla. Ella le dio un bofetón. El le dio otra patada en la espinilla. La hermana le tiró del pelo, Piruleta dio un paso atrás y ella, como no le soltaba el pelo, tuvo que apartarse un paso de la puerta. Piruleta le pellizcó la barriga. La hermana le soltó el pelo para cubrirse y Piruleta se escapó por la puerta.

Esto ocurría casi todos los días que faltaba la abuela. Y los atardeceres ya no fueron apacibles como antes, pues la hermana se quejaba de Piruleta a la madre y a la abuela. Y unas veces decían la madre y la abuela que estaban muy tristes por culpa de Piruleta, y otras veces, que Piruleta era un cerdo, y otras que ya se volvería más sensato. En ningún caso le dijeron algo que le gustara.

Así que, en esas tardes, Piruleta le sacaba la lengua a su hermana, a su abuela le hacía muecas por detrás y a su madre le decía:

—Déjame tranquilo de una vez.

Y los días que la abuela se quedaba en casa, tampoco era agradable para Piruleta. Como el día anterior se habían insultado unos a otros y sabían muy bien que se fastidiarían otra vez al día siguiente, no se tomaban el trabajo de ser cordiales.

Piruleta encontraba penosa su vida y pensó que la situación tenía que cambiar. Y además pronto. De su hermana no se podía esperar nada. Ella repetía siempre que en primer lugar no era una mujer sino una niña, y apenas mayor que Piruleta; y eso de que el trabajo de la casa es para las mujeres, le parecía una estupidez mayúscula. En cuanto a la abuela, ponía su empleo por las nubes. A Piruleta le rechinaban los dientes cuando ella empezaba a hablar de «sus Hofstetter». Y le siguieron rechinando muy a menudo.

—En casa de los Hofstetter —decía la abuela— da gusto trabajar.

Enumeraba los aparatos eléctricos que tenían en la cocina, y describía la barredora-sacudidora-de alfombras como si presentara un catálogo de la fábrica de aspiradoras-barredoras-sacudidoras. Estaba encantada con el lavavajillas y ensalzaba la secadora como si la hubiera inventado ella misma.

Además, la abuela se había encariñado con el niño de los Hofstetter. Un niño que se quedaba en el corralito o gateaba por el suelo. Según ella, la recibía siempre sonriente y cariñoso al verla entrar por la puerta, y llo-

raba cuando la abuela se iba. Y la señora Hofstetter le decía a la abuela:

—No quiero ni pensar cómo nos arreglaríamos sin usted, querida Yaya.

A Piruleta sencillamente le repugnaba tanto aspaviento por el niño de los Hofstetter y las máquinas de los Hofstetter. Pero el colmo era que los Hofstetter pudieran decirle Yaya a su abuela.

—Piruleta, no seas tan grosero —decía la madre—, alégrate un poco al menos de que la abuela se encuentre a gusto y de que sus cosas marchen bien.

Piruleta no se alegraba. Ni siquiera una pizca. Y ahora daba patadas más a menudo a su hermana en la espinilla. A ella le había dado por ir también a casa de los Hofstetter. ¡Era para volverse loco! La hermana visitaba a la abuela en casa de los Hofstetter, y sacaba al niño de los Hofstetter a pasear. La señora Hofstetter le regaló a la hermana un nicky rosa y verde a rayas para sus paseos. El señor Hofstetter ayudaba a la hermana con los deberes de inglés, y la hermana se pasaba horas hablando del lugar que ocupaba el aparato de televisión en colores de los Hosftetter y de cómo estaban colocados los altavoces stéreo de HI-FI, y de los vestidos que había colgados en el gran armario del vestíbulo. Piruleta se dio cuenta de que sólo podía ayudarle una piruleta verde, bien lamida y muy transparente, y preparó con cuidado su piruleta. Resultó la piruleta más transparente, más verde claro que nunca se había preparado Piruleta.

Dejó la piruleta a mano sobre la mesita de la sala y esperó a que la abuela y la madre quitaran la mesa después de cenar para sentarse cómodamente en el sillón y encender el televisor. La hermana se sentó en el suelo, cerca del sillón; hacía a ganchillo, con lana rosada, un gorrito que quería regalar al niño de los Hofstetter para su cumpleaños. ¡A Piruleta su hermana nunca le había hecho un gorro!

Piruleta cogió la piruleta verde y la sostuvo delante del ojo derecho y se tapó el izquierdo. Observó a la abuela. Observó a la hermana. La abuela miraba la televisión y la hermana permanecía atenta a su gorro de ganchillo. Piruleta sostuvo la piruleta bastante tiempo delante del ojo derecho, luego cambió y se la puso delante del ojo izquierdo y se tapó el derecho. Y miró de nuevo fijamente durante largo rato.

—El hombre tiene la nariz demasiado grande para ser realmente guapo —dijo la abuela a la madre. Se refería al hombre que en la pantalla sonreía a la señorita rubia.

—¿Otra vez debo aumentar seis puntos? —preguntó la hermana enseñándole el ganchillo a la madre.

—Sí, aumenta seis puntos —dijo la madre sin mirar el ganchillo para nada, atraída por el hombre de la nariz grande.

«Seguramente tienen que mirarme

para que esto funcione», pensó Piruleta, y comenzó a toser, con una tos horrible, con profundas aspiraciones y silbidos, dejando escapar algunos estertores. Piruleta había padecido, cuando niño, bronquitis crónica, y sabía toser muy bien para llamar la atención de la gente que hace punto y mira la televisión.

La abuela, la madre y la hermana dirigieron la vista a Piruleta.

—Piruleta —gritaron asustadas—, Piruleta, cariño.

Lo miraron todas con atención.

«Ya las tengo», pensó Piruleta. «Ahora dirá la abuela que no irá más a casa de los Hofstetter.»

La abuela no dijo nada, y como Piruleta dejó de toser, se volvieron otra vez hacia el televisor.

«Bien, bien», pensó Piruleta. Contaba casi con que la hermana dijera ahora mismo: «Acabo de darme cuenta de que el trabajo de una casa es cosa de mujeres. Desde ahora me ocuparé de la casa, pues soy una mujer, y mayor que Piruleta. Y le prepararé también pan con mantequilla y cebolletas.»

Pero la hermana dejó de mirar a Piruleta y volvió a su ganchillo y a contar los puntos. Unicamente la madre se acercó a Piruleta. Le preguntó si había cogido frío, o si quería beber agua, o si se sentía enfermo. Piruleta sacudió con enfado la cabeza. De buena gana hubiese tirado el caramelo verde. Se metió, sin embargo, al baño con él. ¿Por

qué, se preguntó, no ha funcionado hoy? ¡Se trata de un caso de verdadera urgencia! Hasta ahora ha funcionado siempre. ¿Qué ocurre con este maldito caramelo? ¿No estará poco transparente a lo mejor?

Piruleta se puso frente al amplio espejo del cuarto de baño, se colocó la piruleta delante del ojo derecho y se tapó el ojo izquierdo. No, la piruleta mostraba una transparencia perfecta. Piruleta pudo ver un Piruleta verde claro con toda nitidez. El Piruleta verde claro observaba con atención desde el espejo, y Piruleta observaba con atención el espejo a través de la piruleta.

—Te maldigo una, dos y tres veces, y una vez más te maldigo y remaldigo —murmuró con rabia Piruleta—, pero no seas así de remaldita y haz algo.

Piruleta murmuró el conjuro a la piruleta verde. Pero detrás de la piruleta verde se hallaba el Piruleta del espejo. Y el Piruleta del espejo se estremeció todo asustado. «¡Oh, mi madre, ya la hemos liado!», se dijo con espanto. Pero ya era tarde. El caramelo verde había hecho su efecto. Piruleta dejó caer la piruleta, suspiró hondo y fue a la cocina. Sobre el fregadero estaba la vajilla de la cena. Piruleta cogió una pila de platos y los colocó bajo el grifo, dejando correr el agua. Y con un trapo limpió siete manchas rojas del guiso sobre los azulejos de la pared, detrás de la cocina de gas. Recogió las cáscaras ya grises de las patatas que habían quedado enroscadas por la mesa de la cocina y las arrojó al cubo de la basura. Y luego echó lavavajillas con olor a limón sobre los platos, los limpió y los dejó brillantes. Incluso barrió un poco el suelo de la cocina. Y «... no seas así de maldita y haz algo...», murmuraba al mismo tiempo sin parar.

Piruleta estaba bastante decepcionado con la piruleta, cuando en esas entraron la madre y la abuela a la cocina y ambas dijeron que era un chico encantador y responsable, y que ellas siempre habían dicho que él se daría cuenta de las cosas. Lo ponderaron exageradamente. Después de todo, no había trabajado tanto. Aunque las alabanzas le sentaron bien. Incluso muy bien. Y hasta vino la hermana y le preguntó si le gustaría que le hiciera un gorro. Un gorro azul con rayas blancas y verdes. Ultimamente hacer gorros de ganchillo era su gran pasión. Piruleta le pidió uno azul con rayas rojas y amarillas.

La hermana le hizo, efectivamente, el gorro, que quedó de maravilla. Un poco pequeño, sin embargo. Piruleta debía tirar de él sobre las orejas porque se le resbalaba siempre hacia arriba por lo pequeño que era; pero lo encontró, a pesar de esto, precioso. Nadie tenía en su clase un gorro hecho por su hermana. Y desde entonces Piruleta no le dio patadas a la hermana en la espinilla más que en contadas ocasiones.

Piruleta hace mal las cuentas

A Piruleta y a su hermana les daban algún dinero para sus gastos, tanto la madre como la abuela. La madre lo hacía los lunes y la abuela los sábados. La abuela llamaba a su paga el «dinero de los sábados». Ella daba a Piruleta una moneda de cinco chelines y a su hermana una de diez.

—Porque ella es mayor —decía la abuela— y los chicos mayores tienen más gastos.

Pero la madre decía:

—Eso no tiene sentido. Los pequeños no necesitan menos, simplemente necesitan otras cosas —y agregaba—: Eso de las necesidades no me dice nada. De mí no consiguen los chicos lo que necesitan, sino lo que yo puedo darles.

Y por ello un lunes decía la madre:

—Esta semana vino la cuenta del gas y de la luz.

Y Piruleta y la hermana recibían poco dinero. Y otro lunes decía:

—Me han pagado las horas extras.

Y Piruleta y la hermana recibían mucho más dinero.

Piruleta se las había arreglado hasta ahora muy bien con su paga. Había muchos chelines; pues se compraba muchos helados de frambuesa y muchas pegatinas de Porky y un lápiz rojo nuevo. Había pocos chelines; pues cogía el lápiz rojo de su hermana y comía del helado de algún otro y no compraba pegatinas de Porky.

Las dificultades de dinero de Piruleta comenzaron cuando la señorita separó a Egon de su lado porque se pasaban la clase charlando y riéndose por lo bajo. Sentó a Egon en la primera fila. Al lado de Piruleta se sentó Eveline.

Eveline era la más bonita de la clase. Probablemente también la más bonita de la escuela. Tenía rizos dorados y una nariz pequeñita, y sus ojos eran azules como el violeta de Parma. A Piruleta le pareció maravilloso que la preciosa Eveline le sentara a su lado.

Ya en el primer recreo, junto a Piruleta, le dijo Eveline:

—Oye, Piru, ¿nos vamos juntos a tomar un helado después de la clase?

Esto alegró a Piruleta aún más. Era, sin duda, una gran distinción. Eveline solía salir después de la escuela únicamente con el «guapo de Peter», del cuarto curso, y siempre iban a tomar un helado. Piruleta había pensado realmente que comprarían los helados en el supermercado, camino a casa, o en la pastelería, pero Eveline dijo que en la heladería italiana, en la calle principal, el helado era muchísimo mejor. Y así fue Piruleta con Eveline a la heladería italiana. Allí, pensó Piruleta, irían a la barra y comprarían un cucurucho de frambuesa, pero Eveline dijo que sería mucho más agradable comerse el helado en una mesa. Se sentaron, pues, los dos a una pequeña mesa de mármol, frente a una ventana con visillo blanco. La camarera se acercó y Piruleta pensó en un helado pequeño de frambuesa para cada uno, pero Eveline dijo a la camarera:

—Una Copa Melba, por favor.

Y Piruleta pidió entonces otra Copa Melba.

Hasta ahora él no se había enterado de que existían esas cosas. La Copa Melba era una bola de helado de vainilla con medio melocotón encima y nata montada y cerezas y un jugo rojo que sabía a licor. La Copa Melba estaba bastante bien, pero el helado de frambuesas, pensó Piruleta, era mucho mejor y, además, más fácil de comer. El melocotón era, desde luego, bastante duro y el helado demasiado blando, el melocotón resbalaba en el helado y en la nata y al intentar Piruleta, con enorme esfuerzo, partir el melocotón, le chorreaban el helado y la nata por los bordes de la copa.

—La Copa Melba es estupenda —exclamó Eveline.

Y no dijo nada más. Con su cuchara

comía tan rápido el helado, que no le daba tiempo a hablar. Tampoco tuvo ninguna dificultad con el melocotón. Por lo visto estaba acostumbrada a la Copa Melba. Cuando se había comido el último sorbo de helado y lamido el último resto de nata del borde de la copa, apuró el jugo rojo y se puso de pie de un salto.

—Adiós, Piruleta —dijo—, debo darme prisa, mi mamá me espera para la comida.

Desapareció de la heladería. Piruleta había contado con que Eveline iba a pagarse su helado.

Apenas un chelín le quedó a Piruleta después de pagar a la camarera las dos Copas Melba. Y aún era martes, y el lunes había sido un día de paga grande. Y, además, había tenido también en el bolsillo un dinero extra de su abuela para un bloc de dibujo. Piruleta se quedó muy enfadado.

Sin embargo, al día siguiente en la escuela, cuando Eveline lo miró con sus ojos violeta de Parma y le dijo que él era su muy-muy querido Piruleta, y que tenía que prestarle tres chelines para una goma de borrar que le hacía falta, él le dio su último chelín y pidió prestado a Egon otros dos, que también le dio a Eveline.

Y esto comenzó a ocurrir todos los días. Cuando no tenía Piruleta que acompañarla y comprarle cien gramos de caramelos, tocaba la heladería otra vez, o necesitaba ella dinero para un cuaderno y dinero para un Micky Mouse. O dinero para un lápiz. Y encima se comía siempre el bocadillo de Piruleta. Pasadas dos semanas, Piruleta debía dinero a catorce compañeros de la clase. En los recreos no escuchaba otra cosa que:

—Piruleta, ¿cuándo me devolverás mi dinero?

O también:

—Piruleta, si no me devuelves pronto mi dinero, de verdad que se lo digo a tu madre.

Eveline oía todo esto, naturalmente, pero o era increíblemente imbécil o increíblemente egoísta. Quería otra vez helados y dinero y caramelos de Piruleta. Si Piruleta decía: «Por favor, Eveline, te juro que hoy no tengo dinero», a ella se le achicaban los ojos de violeta de Parma y le salía una voz chillona:

—Pues entonces voy a tener que volver con el «guapo de Peter» a la heladería —decía con su voz chillona. Y con sus ojos entornados parecía decirle: «Entonces ya no quiero saber nada de ti.»

Piruleta estaba desconcertado. Preguntó a Variados Otto, y Otto le dijo:

—Piruleta, manda a esa idiota a paseo, te está explotando.

Pero esto no era un buen consejo, pues Piruleta ya lo sabía. El no era tonto, sólo estaba perdidamente enamorado de Eveline.

En uno de los días sin abuela, cuando la hermana estaba en su clase de piano y mientras Piruleta cortaba la salchicha para la ensalada, sonó el timbre de la puerta. Piruleta fue a abrir. Era Egon, que estiró la mano y con energía le dijo:

—Piruleta, necesito mi dinero. Me debes veinticuatro chelines. Mi madre cumple años hoy.

En ausencia de la abuela, había siempre un viejo monedero con dinero sobre el armario de la cocina. La Yaya dejaba dinero allí por la mañana, y si Piruleta o la hermana iban a la compra, pagaban con dinero del bolso y metían un papel con la cuenta en una carterilla del monedero. A la tarde contaba la abuela el dinero sobrante y hacía las cuentas con las facturas y nunca faltaba ni una moneda, ya que Piruleta y la hermana tenían muy buen cuidado con las vueltas que recibían.

Y ahora esperaba allí Egon con la mano extendida, por lo que Piruleta sacó dinero del monedero de la Yaya y le dio los veinticuatro chelines.

Egon dijo:

—Bien, gracias, ya era hora —y se fue.

Piruleta se sentó en la cocina, cerca del armario, sobre un banquillo, y estuvo durante una hora pensando cómo podría explicar a la abuela la falta de los veinticuatro chelines. No era nada fácil. No, no iba a ser nada fácil. La abuela diría seguramente: «Piruleta, eres como un saco sin fondo.»

La abuela le había dado a menudo en las últimas semanas una moneda de cinco chelines. No sólo los domingos. Como Piruleta no lograba aclarar sus ideas, se fue a ver a Variados Otto y se sentó sobre el saco de patatas. Allí pensaba mejor. Sentado y pensativo, vio sobre el atril de Otto las facturas de las cuentas. Las facturas eran blancas. Pero al mirar un poco a través de la piruleta, vio las facturas color verde-claro. Las facturas verde claro no estaban sin usar, sino escritas. Simplemente, mucha gente dejaba las facturas allí cuando abandonaba la tienda.

Piruleta se bajó del saco y cogió los papeles. En algunos había sumas muy altas, en otros sumas más pequeñas. Y descubrió una en el que había escrita la siguiente suma:

$$14,30$$
$$3,20$$
$$6,50$$
$$\overline{24,00}$$

Piruleta respiró tranquilo. Echó los papeles al cesto debajo del atril, menos el de la cuenta «14,30, 3,20 y 6,50», que se metió en el bolsillo del pantalón. Ya en su casa, lo sacó de nuevo.

Al lado de 14,30, escribió: cuaderno de dibujo. Al lado de 6,50, escribió: goma de borrar. Al lado de 3,20, escribió: lápiz.

Metió el papel en el bolsillo del monedero viejo. Cuando la abuela contó el dinero y revisó la factura, Piruleta la observó con atención. Pero la abuela miró el papel de Piruleta sin mayor interés que los otros días. Piruleta se quedó tranquilo.

La tranquilidad de Piruleta no duró mucho. En la escuela se corrió la voz de que había saldado su deuda con Egon, y los demás niños le exigieron lo suyo con mayor insistencia. Y Eveline se puso más irritante. No quedaba ningún niño en la clase que quisiera prestar dinero a Piruleta. Tampoco en otras clases.

—Pues entonces lo siento —dijo Eveline, y entrecerró los ojos—. Tendré que llevarme al guapo Peter a la pastelería para comernos unos bartolillos.

Eveline no sólo lo dijo. También lo hizo. Después de la clase se fue de la mano con el guapo Peter y Piruleta regresó muy triste a su casa.

Pasados unos días disminuyó un poco la tristeza por Eveline, aunque no podía estar contento, ya que casi todas las tardes llamaban a su casa y siempre aparecía un niño con la mano extendida diciéndole:

—¡Mi dinero! Lo necesito ahora. Hoy es el cumpleaños de mi mamá.

Egon había dicho a los chicos:

—Si vais a su casa, os pagará.

Y Piruleta pagaba. Pagaba del viejo monedero de la abuela.

La abuela se encontraba ahora todas las tardes con las cuentas más raras. 17 ch., decía en un papel, y Piruleta había escrito al lado: salchichas. Pero si la abuela quería probar las salchichas de diecisiete chelines, Piruleta le decía que se las había comido todas. También las manzanas de 8,90 se las había comido. Y que el zapatero exigiera cincuenta y tres chelines por un nuevo tacón, enfureció a la madre.

—Ese tipo está loco —exclamó ella—, la próxima vez iremos a otro zapatero.

La hermana de Piruleta a cada momento protestaba contra él con rabia a causa de la coca-cola.

—Todos los días una botella de litro —decía—, eso es demasiado.

Pero Piruleta no bebía ni una gota de coca. Esa coca se la bebía Fini, la hija de la vecina. Piruleta sólo la acompañaba al supermercado y se guardaba el ticket.

Cuatro semanas le llevó a Piruleta saldar todas sus deudas. Y no se metió en ninguna más. Eveline salía ahora con el guapo Peter. Pero Piruleta, que sabía hacer bien las cuentas, sabía hasta el último céntimo cuánto dinero había cogido de la abuela en las últimas semanas. ¡Eran doscientos sesenta y cinco chelines! Piruleta pensaba a menudo en los doscientos sesenta y cinco chelines, lo que no le parecía nada agradable.

Hablando la madre una tarde de una compañera de oficina, dijo:

—Tiene un hijo que es un completo sinvergüenza. Le roba dinero del bolso sin más; fijaos qué cerdo.

El hijo de la compañera de oficina era, en verdad, ya todo un hombre y le había quitado a la madre varios billetes de mil chelines, pero a Piruleta de repente le pareció que él era tan cerdo como aquel señor. Y Piruleta no quería ser ningún cerdo.

Al día siguiente era martes. Piruleta salió para visitar a Tommi en la tienda de huevos y aves. Bajo el brazo, empaquetado en una caja, llevaba su camión con mando a distancia, que tanto entusiasmaba a Tommi en casa de Piruleta los viernes.

—Es tuyo por doscientos sesenta y cinco chelines —le dijo a Tommi.

—B u e n o, como quieras —dijo Tommi.

Pero un poco inseguro preguntó a su madre. La señora Kronberger opinó que se trataba de una buena compra, y extrajo los doscientos sesenta y cinco chelines de la hucha.

Piruleta regresó más temprano que otras veces a su casa. Simplemente, no podía soportar que Tommi estuviera todo el rato con el camión en la mano ni oírle decir «mi camión».

Piruleta fue a ver a Variados Otto y le contó todo el asunto. Naturalmente no le dijo: «He comprado tanto para Eveline que...», sino que le contó:

—Uno de la clase ha comprado tanto para Eveline que... —así contó Piruleta a Variados Otto todo el asunto.

Variados Otto le escuchó y murmuró sobre la cuestión:

—Sí, sí, las mujeres le hacen perder a uno la cabeza.

Al fin preguntó Piruleta:

—¿Y qué debe hacer ahora el chico con los doscientos sesenta y cinco chelines?

Otto dijo:

—El chico debe presentarse a su abuela, confesarle todo, devolverle el dinero y pedirle perdón.

—No —exclamó Piruleta—; el asunto tiene que arreglarse sin confesar ni pedir perdón.

—Pues bien —explicó Variados Otto—, si tu amigo primero puso en el monedero facturas por más de la cuenta, podría poner ahora facturas por menos de la cuenta.

—La idea del siglo, Otto —exclamó Piruleta, y salió tan rápido de la tienda que no oyó a Otto gritar:

—¡Espera, Piruleta, creo que la idea tiene un inconveniente!

Por la tarde encontró la abuela una factura en el bolso del dinero por 20 ch., y al lado, escrito por Piruleta: Filetes de cerdo.

La abuela contempló la factura, luego

contempló los filetes de cerdo que Piruleta había comprado en la carnicería de Muster.

—Jamás en la vida —exclamó la abuela— ocho filetes gordos pueden costar veinte chelines; con toda seguridad cuestan tres veces más. ¡Los tiempos en que los filetes costaban veinte chelines han pasado a la historia!

La abuela dijo que el señor Muster debió equivocarse; mañana temprano, dijo, iré en seguida a la tienda del viejo Muster y aclararé el error.

—Soy una mujer honrada —dijo ella—, no me gusta engañar a la gente.

A la abuela no había quien le quitara la idea de la cabeza. ¡Pero aquí no había terminado la cosa! Piruleta había comprado unos leotardos para la madre. Unos leotardos de lana, porque pronto vendría el frío. Cien chelines habían costado los leotardos de lana. Y Piruleta había anotado sólo veinticinco chelines.

De la tienda de Variados Otto se ha-había traído una etiqueta que decía: Oferta-Superespecial.

En la tienda de Otto la etiqueta estaba sobre un queso francés. Ahora lucía sobre los leotardos, y la madre estaba entusiasmada.

—Esto es estupendo, Piru —exclamó—, mañana mismo me traes otros cuatro leotardos más.

Piruleta se puso más pálido de lo que

estaba desde la cuenta de la carnicería. Tanto dinero como para pagar eso no tenía. Y cuando ya estaba blanco como un lienzo viejo, apareció la hermana y juró por todos los santos y dio su palabra de honor de que en la tienda donde Piruleta había comprado los leotardos le aseguraron que no habían tenido leotardos en oferta. Y que esos leotartardos, justamente ésos, los había visto esa mañana en el escaparate por cien chelines. La hermana enseñó también la factura de la carne, y dijo:

—Muster tiene una caja registradora, de la que sale el ticket con las cuentas. No es una cuenta de Muster. Es un papel de la tienda de Otto.

Ahora Piruleta tenía tan blanca la cara como la nieve recién caída en las montañas, donde no hay polvo.

—Piruleta, ¿a qué se debe todo esto? —preguntó la madre.

—Piruleta, explícanos esto —dijo la abuela.

—Piruleta, habla ya —le pidió la hermana.

Pero Piruleta seguía allí blanco y tieso, y no decía ni una palabra.

—Piruleta, ¿a qué se debe esto? Explícate ya —exclamaron la madre, la hermana y la abuela a coro, y lo sacudieron. Piruleta se tambaleó, se acercó a su cama y cayó en ella sin una palabra. La abuela, la madre y la hermana corrieron tras él, continuaron con as preguntas y no le sacaron ninguna respuesta.

—Di algo al menos —le pidió la madre.

Al fin dijo Piruleta:

—Necesito en seguida una piruleta verde.

La hermana salió corriendo a la tienda de Variados Otto, y tuvo que llamar al timbre, porque la tienda estaba ya cerrada. Pronto estuvo de vuelta con media docena de piruletas verdes y las puso sobre la mesita de noche de Piruleta.

—Ahora di qué ha sido —dijo la abuela.

Piruleta, lívido, se negó moviendo la cabeza. La abuela y la madre se sentaron a su lado en la cama y le hablaron con dulzura. No sirvió de nada. Y se fueron a dormir.

Pero Piruleta permaneció largo tiempo despierto y lamió las seis piruletas verdes hasta dejarlas finas y transparentes. Hasta el amanecer le llevó hacerlo, y como se quedó muy agotado y seguía blanco como la nieve en la cama y sin hablar, vino el doctor. La abuela lo había llamado.

—Ahora la boca, jovencito —dijo el doctor, sosteniendo la lámpara de la mesilla ante la cara de Piruleta y mirándole la boca.

El doctor primero examinaba siempre a los niños la garganta por si se trataba de anginas o de esas faringitis tan comunes. La garganta de Piruleta —por dentro— estaba ex-

rañamente verde. Seis piruletas destiñen una barbaridad.

—Qué cosa más extraña —murmuró el doctor, y movió muy pensativamente la cabeza—. Muy extraña.

Recetó a Piruleta una medicina para tomar y una para chupar y una para humedecer un paño que debía ponerse alrededor del cuello.

Una semana permaneció Piruleta en cama. La abuela dejó de ir a casa de los Hofstetter durante esa semana. Se sentaba al lado de Piruleta y tejía para él un jersey.

El primer día preguntó al enfermo de la garganta verde al menos una docena de veces:

—Vamos, querido Piru. ¿Qué es eso de los leotardos baratos y de la carne tan barata?

Pero Piruleta seguía sin hablar. Sostenía solamente un caramelo verde delante del ojo izquierdo y otro delante del derecho y observaba a la abuela. Con dos sería mucho mejor, se dijo. Al segundo día preguntó la abuela seis veces sobre el asunto de la carne y de los leotardos y al tercer día sólo una vez. Al cuarto día ya no preguntó más sobre el asunto. Para mayor seguridad, Piruleta continuó observando dos días más sin parar a través de las piruletas, y al séptimo día se levantó de la cama y sacó ciento cincuenta chelines de su bolsillo y los entregó en silencio a la abuela.

—¿Y eso? —preguntó la abuela—. ¿Por qué? ¿Qué tengo que...?

Pero Piruleta tenía ya de nuevo una piruleta en cada ojo.

—Ah, ya —dijo la abuela entonces—, ahora está bien —y agregó—: Con este dinero me compraré un sombrero, uno verde, que quería desde hace mucho. Y ahora, maldita sea, quítate esas repugnantes piruletas verdes de los ojos. Es inaguantable.

Piruleta se quitó las piruletas y volvió a hablar. Bastante, incluso. Tenía un montón de cosas que recuperar. Habló de la escuela y de las vacaciones y de la piscina. También de Tommi y de la tienda de aves. Y de las cometas. Y preguntó por los Hofstetter. Pero de los leotardos y de los filetes de cerdo no dijo ni una palabra.

Piruleta y Lehmann

Hay gente a la que le gustan los perros y hay gente a la que no le gustan. Piruleta no sabía a qué clase pertenecía, porque él le tenía miedo a los perros. Y cuando alguien siente miedo de algo, difícilmente puede saber si le gusta aquello de lo que tiene miedo. Muchas veces pensaba Piruleta: Si no tuviera miedo a los bichos esos, me gustaría rascarles detrás de las orejas y tirarles un poquito de la cola. Y muchas veces pensaba Piruleta: Aunque no les tuviera miedo, me importaría demasiado su mal olor y que ladren y que suelten pelo. Piruleta no tenía miedo solamente de los perros grandes que ladran o de los pequeños que muerden. También le daban miedo los perros tranquilos de ojos pensativos y piel sedosa y los que meneaban la cola suavemente. Incluso tenía miedo del chucho tembloroso de la portera. Y eso que el chucho era apenas más grande que un cobaya, sólo que con las piernas más largas.

La madre, la abuela y la hermana no tenían la menor idea del miedo de Piruleta a los perros. Piruleta nunca hablaba de ello, pues él consideraba tontos a los chicos que tienen miedo a los perros, porque los otros chicos consideraban tontos a los chicos que tienen miedo a los perros. Piruleta hasta llegaba a burlarse de su hermana cuando ella contaba asustada que se había topado con un perro malo.

—¡Se asusta de los perros! Está loca —decía Piruleta, y la madre le contestaba siempre:

—Piruleta, deberías estar contento de que no te asusten los perros y dejar de reírte como un tonto.

Piruleta sonreía, y con cara de indiferencia preguntaba a la hermana:

—Dime, ¿qué se siente cuando se tiene miedo a los perros?

—Pues que me late el corazón —decía la hermana— y me falta la respiración. Y muchas veces empiezo a temblar.

—Qué cosa más rara —exclamaba Piruleta, y pensaba: «Tiene suerte de no empezar también a sudar.»

Piruleta sólo se atrevía a pasar delante de un perro dando un gran rodeo. Incluso cuando un perro ladraba desde detrás de una verja alta y sólida, Piruleta prefería cruzar prudentemente a la otra acera. Cuando iba al supermercado y en la barra para perros veía alguno atado, se iba a otro supermercado que tuviera la puerta libre de perros. Y en ningún caso visitaba a los amigos de la escuela que tenían perro. Cuando necesitaba algo de ellos, prefería quedarse fuera, bajo el viento, la lluvia o la nieve, y silbar una contraseña hasta que ellos se asomaban por la ventana.

Si no tenía más remedio que pasar por delante de un perro, lo hacía siempre con una piruleta delante del ojo. Sujetaba con fuerza la piruleta verde y murmuraba el conjuro:

—No te muevas de tu sitio, ¿me oyes?

Y los perros no se movían de su sitio. Y cuando se movían un poquito era para menear el rabo.

La abuela de Piruleta era muy amiga de una tal señora Ehrenreich. Dos o tres veces a la semana venía la señora Ehrenreich a visitar a la abuela. Como traía siempre una bolsita de caramelos o un rotulador o un bloc para dibujo, Piruleta se alegraba al oír: «Esta tarde vendrá la señora Ehrenreich.» El le abría la puerta siempre y era el primero en saludarla, por lo que podía elegir el mejor de los blocs de dibujo, o el rotulador más bonito, pues la señora Ehrenreich traía también siempre algo para su hermana.

Cuando la abuela dijo: «Esta tarde vendrá la señora Ehrenreich con Lehmann», Piruleta pensó que Lehmann era el amigo de la señora Ehrenreich.

Ella había contado ya muchas veces que tenía un amigo con el que vivía, que era calvo y con bigotes, y que era muy avaro. El hombre se llamaba Ludwig, y era tan avaro, que recriminaba a la señora Ehrenreich cuando ella untaba demasiada mantequilla sobre el pan o echaba demasiado ron al té. Piruleta se alegró al saber que iba a venir el señor Lehmann, el señor avaro, calvo y con bigotes. Sobre todo se alegró por lo de avaro, ya que las otras personas que conocía no eran avaras.

Por la tarde, a la hora de costumbre, sonó el timbre y Piruleta corrió a abrir, a ver si reconocía la avaricia en el señor Lehmann. Abrió y dijo:

—¡Buenas tardes a todos! —y tuvo que dar, del susto, un tremendo salto hacia atrás.

Fuera, en la entrada, al lado de la señora Ehrenreich, había un perro. Un perro mediano, de color marrón, con las orejas caídas y el rabo corto.

—Hola, Piruleta —dijo la señora Ehrenreich alegremente, y entró con Lehmann, el perro, como si fuera lo más natural del mundo que nadie en la casa tuviera miedo a los perros.

Piruleta salió corriendo hacia el baño y se encerró dentro. Y no salió cuando la señora Ehrenreich le gritó:

—Piruleta, tesoro, te he traído un recortable.

Y tampoco salió cuando la madre llamó:

—¡Piruleta, a cenar!

Tampoco cuando la hermana le pidió:

—¡Piruleta, que no puedo más!

Piruleta sólo salió del baño después, cuando estuvo completamente seguro de que Lehmann había ido a la sala. Abrió con precaución la puerta del baño, se deslizó a su cuarto y cogió una piruleta de reserva que tenía en su mesita de noche. Estaba ya chupada y lista para sus fines. Piruleta quiso salir de la habitación, pero de repente Lehmann se puso en la puerta, ocupando todo el ancho de la entrada. Jadeaba y tenía la lengua fuera. Difícil saber si era por el asma o por los fuertes deseos de morder carne de niño. El corazón de Piruleta le latió con fuerza y comenzó a sudar y a oprimírsele la garganta. En la sala debían ir ya por el postre, que era helado de frambuesa. Y el helado de frambuesa se derrite fácilmente. Y el helado de frambuesa derretido no sabe nada bueno. Así que Piruleta se puso temblando la piruleta frente al ojo, miró fijamente y dio un paso hacia la puerta; su pie izquierdo estaba ya cerca de la pata derecha de Lehmann.

—Quieto, animal —susurró Piruleta su conjuro, pero Lehmann dio un salto y Piruleta dio un traspiés dentro de la habitación, sin su caramelo verde. En la mano sólo le quedaba el palito. El caramelo verde había ido a parar a la boca de Lehmann. Tembloroso, escuchó Piruleta cómo el caramelo era machacado y triturado por los dientes de Lehmann. Piruleta se puso a salvo saltando a la silla del escritorio, de allí al escritorio, de allí al armario pequeño. Observó la puerta y a Lehmann, que se relamió la boca y se tumbó otra vez delante de la puerta; respiraba jadeando profundamente y de modo sospechoso. Más tarde se acercó su hermana a la puerta y le dijo a Piruleta que si no venía en seguida su hermoso helado se iría a freír espárragos. Acarició a Lehmann, que no era de la clase de perros a los que ella temía.

—No quiero helado —dijo Piruleta.

—¿Puedo comérmelo yo? —preguntó su hermana.

—Sí —dijo Piruleta.

Su hermana volvió a la sala. Piruleta oyó que decía:

—Piruleta está haciendo tonterías otra vez; está sentado en el armario con cara de tonto y dice que no quiere helado.

Y después oyó Piruleta a su hermana comerse el helado. Oyó cómo la cucharilla golpeaba en la copa del helado. Aquel ruido le llegaba directamente al corazón. Un momento después escuchó tiros. Hoy ponían en la tele su serie policial preferida, en la que actuaba el hombre con el ojo de vidrio. Intentó de nuevo salir. Bajó sin hacer ruido del armario a la mesa y de allí a la cama y a la mesita, donde cogió su última piruleta de reserva. A pesar de que estaba ya fenomenalmente lamida, Piruleta lamió un poco más, luego la sostuvo frente a su ojo derecho, se tapó el izquierdo y se acercó a la puerta y a Lehmann, y no había llegado al centro de la habitación, cuando Lehmann se levantó y dio un brinco hacia dentro, y de nuevo desapareció el caramelo verde. Esta vez con palo y todo.

—¡Socorro! —gritó Piruleta—. ¡Socorro!

La abuela llegó corriendo. Pero no tenía la menor idea del miedo de Piruleta a los perros. Y Lehmann ya no estaba en la habitación sino en el vestíbulo, adonde había salido rápidamente cuando Piruleta gritó pidiendo auxilio. Lehmann no podía soportar chillidos tan agudos.

Piruleta sollozó un poco sobre el pecho de la abuela, y la abuela le consoló mucho. Y Piruleta le contó entonces a la abuela un embuste. En la ventana, dijo él, había visto una cara horrible, de verdadero asesino, sin afeitar y la nariz como una bola, pegada contra el vidrio. La abuela dijo que eso le pasaba por mirar en la televisión esas cosas horribles y por leer tantos cómics. Y para tranquilizarle abrió la ventana, miró a la calle y a la derecha y a la izquierda, incluso arriba, al cielo, y aseguró a Piruleta:

—No hay ningún hombre por ningún lado, y mucho menos un asesino.

Y se llevó a Piruleta a la sala. Lehmann estaba tumbado cerca de la puerta de la sala y hacía como si durmiera y no supiera

nada de nada. La hermana se había comido el helado y el hombre del ojo de vidrio había ya aclarado el asesinato fatal. Piruleta sintió mucha lástima de sí mismo.

La señora Ehrenreich venía ahora siempre con Lehmann, ya que Ludwig, su amigo, se había separado de ella. Se había ido con su anciana madre. La señora Ehrenreich y Ludwig habían reñido horriblemente a causa de la avaricia de Ludwig. O a causa del afán derrochador de la señora Ehrenreich. Depende de cómo se mire el asunto. Y Ludwig había dicho al irse a la señora Ehrenreich:

—¡Si no te arrepientes de tu manera de dilapidar todo, no volveré más! ¡Y ya puedes poner las manos en el fuego, que cumpliré mi palabra!

—Ya puede seguir esperando —terminó diciendo la señora Ehrenreich—, aunque se me parta el corazón. Pero no pienso poner las manos en el fuego ni ceder.

La abuela le daba la razón. Té con ron y pan con mucha mantequilla, opinaba la abuela, no significaba dilapidar todo.

En cualquier caso, Lehmann, que antes se quedaba con el avaro Ludwig, venía ahora siempre con la señora Ehrenreich, pues era un perro al que no le gustaba quedarse solo en casa. Cuando se quedaba solo, no pasaba media hora sin que se pusiera a ladrar por toda la casa y a gimotear agudamente cuando alguien pasaba por delante de la puerta. Tan agudamente que la portera ya había amenazado con llamar a la sociedad protectora de animales. Además, la hermana de Piruleta tenía siempre muchas ganas de ver a Lehmann. Le tenía mucho aprecio.

—¡Qué perro tan listo! —le decía a Piruleta—. Cuando se le pregunta cuánto es uno más uno, ladra dos veces, y también sabe cuánto es dos más dos.

Piruleta no podía comprobar si Lehmann era realmente capaz de ladrar cuentas, porque se metía en su habitación cuando la señora Ehrenreich llegaba de visita. Incluso cenaba allí encerrado. Decía que no podía estar sin leer. Los días de Ehrenreich-Lehmann sacaba Piruleta al menos tres libros de la biblioteca. La abuela se alegraba mucho, pues ella se oponía a la televisión y a los *comics*. Prohibió a la hermana distraer a Piruleta de la lectura.

—La lectura —decía ella—, la lectura es buena y de provecho. La lectura agudiza la mente y amplía el horizonte.

Pero Piruleta no leía nada. Simulaba leer cuando la abuela entraba con la cena. Apenas salía ella de la habitación, cerraba el libro y se ponía a mirar el techo y a imaginar los sueños más extraordinarios. Se veía convertido en un artista de circo que hacía un número de domador con una docena de perros-lobos salvajes. Hacía saltar a los perros salvajes por un aro de fuego y los hacía bailar un minué sobre las patas traseras. La gente aplaudía estruendosamente y Piruleta era el gran héroe. Pero entonces ladraba Lehmann en la sala —probablemente estaría calculando la raíz cuadrada de dieciséis— y Piruleta despertaba de sus prodigiosos ensueños.

Después de un día más en que tuvo que perderse la serie del hombre del ojo de vidrio, bajó Piruleta a ver a Variados Otto, se acomodó sobre las patatas y observó a Otto en el mostrador. En la tienda no había clientes y Otto ordenaba en los estantes las cajas de fideos.

Piruleta dijo:

—No funcionan con Lehmann.

—Qué lástima —dijo Otto.

—Porque se las come. Y si se las come, no pueden funcionar.

—Vaya faena —murmuró Variados Otto, mientras dibujaba con un rotulador grueso los precios de los fideos sobre unas tarjetas pequeñas. El rotulador dejaba manchas y sudaba tinta.

—¿Qué debo hacer ahora? —preguntó Piruleta.

Otto apartó la tarjeta emborronada, miró a Piruleta, se rascó la cabeza y le dijo:

—Perdona, no te he oído bien, estaba ocupado con los precios. ¿Con quién no funciona?

Piruleta no dijo ni una palabra. El asunto era difícil. Piruleta no sabía en realidad si Otto conocía lo de las piruletas verdes.

A veces parecía que para Otto las piruletas verdes eran piruletas normales con gusto a menta. Pero otras veces parecía como si Otto supiera lo de las piruletas verdes. Pero si no lo sabía, Piruleta pensó que quizá fuera mejor no mencionar el efecto de las piruletas. Respecto a cosas tan extrañas, pensó Piruleta, mejor es no hablar demasiado. Se levantó del saco de patatas y abandonó la tienda.

—Eh, Piruleta —le gritó Otto.

Piruleta hizo como si no le oyera y se fue al parque. Se sentó en un banco, lejos de donde juegan los niños, porque deseaba reflexionar y el griterío le molestaba. El banco estaba al lado de las mesas de ajedrez. En una de las mesas jugaban dos hombres bastante mayores. Uno le decía al otro:

—¡Jaque!

No hablaba muy alto, pero a Piruleta le molestó en sus reflexiones, y miró con fastidio al que había dicho «¡jaque!». Este del «¡jaque!» era un hombre con bigotes y calvo. Y ahora dijo:

—¡Jaquemate!

Y la partida pareció terminar.

—Bueno, bueno —dijo el otro colocando de nuevo las piezas en el tablero—. Bueno, bueno, afortunado en el juego, desgraciado en amores —y el hombre de bigotes y calvo suspiró profundamente.

—¿Cómo te las arreglas sin ella? —le preguntó el otro.

—Mal, muy mal —dijo el de la calva.

—Entonces, reconcíliate con ella —dijo el otro.

—Jamás en la vida. Puedes poner las manos en el fuego. Hasta que no reconozca que es una derrochadora, ni hablar de reconciliación. Aunque se me parta el corazón.

—¿Y no serás tú un poquito agarrado? —preguntó el otro hombre.

—¿Quién, yo agarrado? —exclamó el calvo de bigotes—. A eso sólo puedo decir «ja». Tendrías que haberla visto. A Lehmann le sirve chocolate suizo y se echa ron cubano en el té y en el pan más caro se unta varios centímetros de la mantequilla más fina.

—Entonces deberías estar contento de haberla perdido —dijo el otro.

—Pero la echo de menos —dijo el calvo de bigotes—. Y a Lehmann mucho más.

Piruleta contuvo el aliento. Ahora o nunca, pensó. Una ocasión así no se repite, se dijo. Se levantó, caminó hasta la mesa de ajedrez y preguntó a los hombres si podía mirar. Los hombres asintieron con la cabeza y comenzaron de nuevo a jugar. Piruleta observaba. Después de un rato suspiró profundamente. Al menos diez veces tuvo que suspirar profundamente, hasta que el hombre calvo de bigotes le preguntó:

—¿Pero qué te pasa?

Piruleta suspiró una vez más.

—¿Estás triste? —preguntó el otro hombre.

—Sí —dijo Piruleta.

—¿Por qué? —preguntó el calvo de bigotes.

—Porque mi tía está muy triste.

—¿Y por qué está triste tu tía? —preguntó el otro hombre.

—Porque su perro está muy triste.

—¿Y por qué está triste el perro? —preguntó el calvo de bigotes.

—Porque el señor al que quiere mucho se ha ido.

Los dos hombres miraron a Piruleta con interés y Piruleta continuó:

—La pobre tía y el pobre perro lloran todo el día. El perro sólo gime, pero la pobre tía llora y se queja de ser muy derrochona y de haber puesto demasiada mantequilla en el pan y de echar demasiado ron al té y de dar demasiado chocolate al perro.

Piruleta se restregó los ojos como si estuviera llorando.

—Nueve kilos perdió la pobre tía. Bebe sólo té sin ron y sin azúcar y come pan únicamente con margarina untada muy fina, muy fina.

El hombre calvo de bigotes estaba horriblemente nervioso. Temblaba incluso un poco.

—¿Cómo se llama tu tía? —preguntó.

—Tía Ehrenreich se llama —dijo Pi-

ruleta. Y se restregó un poco otra vez los
ojos—. Y el perro se llama Lehmann.

El hombre calvo de bigotes dio un
salto.

—Tengo que ir a verla inmediatamente —exclamó.

Salió corriendo tan rápido como podía. Pero a la salida del parque se detuvo y
se volvió. Se quedó allí de pie, hizo una seña
a Piruleta y esperó impaciente a que Piruleta
se acercara; entonces le dijo:

—Tú eres un buen chico —sacó su
monedero, revolvió dentro y entregó finalmente a Piruleta una moneda de diez céntimos—. Para tu hucha —le dijo—. ¡No la
pierdas! —agregó.

A los dos días vino la señora Ehrenreich sin Lehmann a ver a la abuela.

—Nos hemos reconciliado —dijo—.
Ha vuelto y está muy simpático. «No tienes
que decirme nada», me dijo. «Ya lo sé, ya lo
sé», me ha dicho.

Piruleta estaba sentado en el sillón
blando de la sala y sonreía.

—Qué lástima que Lehmann ya no
venga —le dijo a la señora Ehrenreich—.
Ahora no leo realmente tan a gusto. Y me
había propuesto enseñarle algunas piruetas.
Como en el circo, a bailar y a saltar a través
de un aro.

—Lástima, Piru, lástima —dijo la señora Ehrenreich—. Lehmann no se aparta de Ludwig.

Piruleta guardó con honores la moneda de diez céntimos de Ludwig. La puso en una pequeña cajita con fondo de algodón. Puso la cajita en el cajón de su mesilla y la hermana se maravillaba al verle. A menudo sacaba ella la cajita y contemplaba atentamente la moneda de diez céntimos, pero no lograba descubrir nada especial.

Piruleta y la abuela
pelirroja

Para el otoño Piruleta había pasado al tercer curso y le iba muy bien. En la escuela no tenía ninguna dificultad. Las matemáticas se le daban estupendamente, y ahora era capaz de escribir a menudo frases en las que la señorita no tenía que hacerle ninguna señal en rojo. A su lado estaba de nuevo Egon, y Piruleta se entendía muy bien con él. Ultimamente se llevaba bien con todo el mundo, incluso con su hermana. La vida le era tan grata que sentía continuamente ganas de silbar, y generalmente lo hacía, excepto durante las clases y cuando comía.

Variados Otto opinaba que Piruleta silbaba de un modo tan magnífico que sería aconsejable que más tarde se dedicase a actuar como un artista del silbido.

Por otra parte, durante el verano había crecido por lo menos cinco centímetros, y se sentía especialmente orgulloso de ello. Dejó de estar en el último tercio de la fila de gimnasia para pasar al tercio del medio. Por qué Piruleta prefería ser alto a ser

pequeño, no es fácil de decir. Quizá porque su hermana hablaba con entusiasmo de un chico «alto guapísimo» y con desprecio de uno que era un «pobre bajito». Quizá porque la madre se reía siempre que veía al matrimonio Schestak —el señor Schestak era una cabeza más bajo que su mujer—. Quizá también porque, como había crecido, cuando discutía con Herbert quedaba a la altura de sus ojos, no como antes, en que, siempre que discutía con él, tenía que mirar hacia arriba. Esto no era una posición muy buena para discutir. Pero lo que más le alegraba de sus cinco nuevos centímetros era ser ahora tan alto como una tal Heidegunde Günsel.

Heidegunde Günsel era alumna de cuarto, y Piruleta sentía admiración por ella. No estaba tan enamorado como lo había estado de Eveline, con sus ojos de azul violeta de Parma. Heidegunde tenía unos ojos normales, color marrón, y pelo corto de un castaño también corriente. Y era también demasiado delgada. Pero Heidegunde recitaba siempre las poesías en las fiestas de la escuela, y lo hacía maravillosamente. Y en matemáticas era la primera de la clase, y en gimnasia tan buena como Piruleta. Todos los chicos la admiraban cuando hacía ruedas a lo largo de la sala de gimnasia tanto como a Piruleta cuando hacía el pino en el patio de la escuela.

Piruleta pensaba que él y Heidegunde serían la pareja adecuada para una buena amistad. Además, nunca había visto a Heidegunde reírse como una tonta. Y tampoco Heidegunde había llorado nunca en presencia de Piruleta. Piruleta tenía algo contra los chicos que lloraban. Variados Otto solía decir:

—Piruleta, eso es un vulgar prejuicio. Unos lloran con facilidad, a otros les cuesta más. Eso no quiere decir nada.

Mientras Piruleta estaba en la tienda de Otto, sentado sobre las patatas, daba a Otto la razón. Pero en la escuela, cuando un chico lloraba porque le habían manchado la camisa de tinta, o algún otro porque le habían puesto un suspenso al decir la lección, todos exclamaban con burla:

—¡Qué llorón! —y Piruleta también exclamaba con burla—: ¡Qué llorón!

Cuando Piruleta notaba que estaba a punto de llorar, se echaba a reír; la risa le ayudaba contra el llanto, aunque era una risa muy particular. Muy aguda y entrecortada, y si a pesar de ello se le saltaban las lágrimas, podía decir que eran lágrimas de risa.

Piruleta, que era ahora tan alto como esta Heidegunde, se acercó a ella en el recreo y le preguntó si iría quizá al parque por la tarde.

—Quizá —dijo Heidegunde Günsel.

—Ojalá —dijo Piruleta.

Heidegunde fue efectivamente al parque. Y se entendió en seguida y estupenda-

mente con Piruleta. Hicieron cuentas sólo
para entrenarse, 97 por 12 por 8, dividido
por 3 menos 39. Y cosas por el estilo. Tre-
paron al mástil de la entrada del parque, hasta
arriba del todo, y se divirtieron muchísimo
cuando las viejas sentadas en los bancos con-
tuvieron el aliento de susto y discutieron si no
sería mejor llamar a los bomberos o a la po-
licía. O a los padres de esos monos trepa-
dores.

Desde aquella tarde, Piruleta y Heidegunde estaban siempre juntos en los recreos.
También entonces hacían cuentas. Además,
Heidegunde intentó enseñarle a Piruleta lo
bonito y maravilloso que era recitar poesías.
Piruleta se imaginaba que él y Heidegunde
podrían recitar juntos «Pensad que he visto
al Niño...» en la fiesta de Navidad. El un
verso, ella otro, pues habían comprobado que
a coro no sonaban muy bien.

Las tardes las pasaban Piruleta y Heidegunde en el parque, pero cuando el tiempo
ya no era tan bueno y llovía casi todas las
tardes, iban a casa de Heidegunde. Ella vivía
en una casa rodeada por un gran jardín. Piruleta no había visto nunca una casa tan bonita por dentro, excepto en la televisión,
cuando echaban una película sobre gente rica.
Piruleta se sentía tan a gusto en casa de Heidegunde que le pidió a su hermana que lla-
mase a Tommi a la tienda de aves para decirle que le había dado la escarlatina crónica
y que desgraciadamente por un tiempo largo

no podría ir. Así tuvo los martes y viernes libres para Heidegunde.

Heidegunde tenía una madre y un padre, una hermana mayor y un hermano pequeño y una abuela y una tía, la tía Federica. Vivían todos en la hermosa casa. También a ellos les cayó bien Piruleta y él los encontró a todos muy simpáticos.

Una vez, mientras Piruleta comía en casa de Heidegunde helado de chocolate con barquillos en una mesa de vidrio ahumado, escuchó hablar en la habitación de al lado a la madre, a la abuela de Heidegunde y a la tía Federica. Oyó que hablaban de una tal Ana, y las tres estaban de acuerdo en que la tal Ana era una estúpida y una descuidada. Y también falsa. Y encima codiciosa.

—¿Quién es esa Ana? —preguntó Piruleta.

—La mujer de la limpieza —dijo Heidegunde.

—¿Y es así de verdad? —preguntó Piruleta.

—Todas las mujeres de la limpieza son así —dijo Heidegunde.

—No —dijo Piruleta.

—Sí —dijo Heidegunde—, puedes creerme. Cada dos días tenemos una nueva, y la nueva es aún más tonta que la anterior. Pregunta a mi madre, ya verás.

Piruleta no preguntó nada a la madre de Heidegunde, pero ella le preguntó a él al retirar las copas de helado:

—Dime, Piru, tu Yaya todavía trabaja, ¿no? ¿En qué trabaja realmente?

Si la madre le hubiese hecho esta pregunta un día antes, seguramente hubiera contestado que su abuela limpiaba en casa de los Hofstetter. Si la madre le hubiera hecho esta pregunta una semana después, probablemente Piruleta hubiera podido contestar también que su Yaya era una mujer de la limpieza, pero ahora, justo cuando Heidegunde acababa de hablar despectivamente de todas las mujeres de la limpieza, le fue totalmente imposible.

Piruleta titubeó. Primero iba a decir encargada, luego ama de llaves, después cocinera. Al fin y al cabo, a menudo la Yaya cocinaba para los Hofstetter, y el señor Hofstetter decía que élla cocinaba mucho mejor que su mujer y hacía mejores comidas que los restaurantes más caros del barrio. Y realmente, la Yaya también cuidaba al niño de los Hofstetter. Y como el niño estaba ahora malo con gripe, dijo finalmente Piruleta:

—Mi Yaya es enfermera de niños.

La mamá de Heidegunde opinó que ésa era una bonita profesión para una mujer. ¡La abuela de Piruleta era realmente admirable! Piruleta quiso cambiar rápidamente de conversación, pero la mamá de Heidegunde se había entusiasmado con la Yaya enfermera.

—¿En qué hospital trabaja? —preguntó.

Piruleta no había estado nunca en un hospital. Sólo le vino a la cabeza el nombre de un hospital.

—Hospital del Rey —dijo Piruleta.

—¿En la sección de infecciones? —preguntó la madre.

Piruleta no tenía la menor idea sobre las secciones que hay en un hospital infantil, así que afirmó con la cabeza. Por desgracia la madre conocía bien el Hospital del Rey. Y la sección de infecciones mucho mejor. El hermano pequeño de Heidegunde había estado más de tres meses en la sección de infecciones. Había tenido un virus extraño, desconocido. La mamá de Heidegunde conocía a todas las enfermeras en la planta de Infecciones. ¿Sería su Yaya quizá esa enfermera alegre y pequeñita de cabello blanco? ¿Esa que ceceaba? ¿O quizá esa alta, severa, fuerte, con pechos exhuberantes y voz grave que se llamaba Berta? ¿Esa de la que los niños tenían un poco de miedo?

Piruleta no sabía dónde meterse. Negó con la cabeza. Pero como la mayoría de las enfermeras de la sección de infecciones infantiles eran muy jóvenes, ahora quedaba sólo una enfermera que pudiera ser su Yaya.

—Entonces tu Yaya es Erna, la enfermera jefe —exclamó la madre de Heidegunde con entusiasmo, y Piruleta se vio de pronto con una abuela no muy alta, no muy gruesa, con gafas sin montura y un pelo teñido de rojo y lleno de rizos, que no paraba de reír y que prefería los niños pequeños a las chicas mayores.

Camino de su casa esa tarde, Piruleta llevaba cariñosos saludos para la Yaya. Naturalmente que no se los dio, pero a la tarde siguiente le dio a la mamá de Heidegunde cariñosos saludos de parte de su abuela. La mamá le preguntó si la Yaya aún se acordaba de su hijo.

—Naturalmente —dijo Piruleta, y la mamá se quedó muy conmovida.

Ahora, cada vez que Piruleta se hallaba en casa de Heidegunde, la mamá le preguntaba por la Yaya, y a Piruleta no le quedaba más remedio que contar algo de la Yaya pelirroja. Piruleta se habituó despacio a la mujer y le tomó cariño. Y es que a esta mujer le pasaba de todo. Una vez salvó de una caída mortal a un niño sonámbulo que en mitad de la noche, profundamente dormido, se había ido a otra ala del hospital y trepado a una ventana abierta. (Piruleta había oído a la Yaya leerle a su mamá algo parecido que venía en un periódico, sólo que nadie había salvado al niño.) Otra vez, ella únicamente en todo el hospital se había dado cuenta de que el chico que estaba en la mesa de operaciones no podía respirar porque tenía metida una cuenta de cristal en cada agujero de la nariz (Variados Otto había contado a Piruleta una larga historia de un niño con un guisante en la nariz). Y otra vez en que todos los niños lloraban porque había una fuerte tormenta, y gritaban llamando a sus madres, la Yaya pelirroja preparó en la cocina del hospital flan de vainilla con zumo de frambuesas para todos los niños, pagándolo con su propio dinero. Y dejaron de llorar y rieron todos otra vez (esto se lo había inventado Piruleta él solo).

Claro que también surgían dificultades con la abuela pelirroja Erna. Piruleta no podía precisar sus horarios de trabajo, y a menudo olvidaba que hacía servicio nocturno.

—Hoy la Yaya en el desayuno —comenzaba a explicar, y la mamá de Heidegunde le interrumpía:

—¿Cómo? ¿No era su semana de turno de noche?

Piruleta respondía rápidamente:

—Yo hablo de mi otra Yaya. Cuando mi Yaya tiene turno de noche, entonces viene la otra Yaya y hace el desayuno.

Como muchos niños tienen dos yayas, no se sorprendían en la familia Günsel por ello.

También con el *Libro de los records* y la Yaya pelirroja Erna hubo dificultades. Piruleta tenía un libro llamado *Libro de records*. En el libro estaba registrado quién se quedaba más tiempo bajo el agua, quién tocaba el piano más tiempo y quién se comía más albóndigas. (Un tal Wastel Muxerl de Tirol se comió 47 albóndigas hechas con patatas crudas y harina negra, del tamaño del puño de un niño.) Heidegunde quería leer este libro.

Piruleta, que no estaba nada interesado en el libro, dijo:

—Bueno, te lo regalo.

Pero Piruleta era, lamentablemente, muy olvidadizo. Cada mañana, cuando se encontraban en la puerta de la escuela, preguntaba Heidegunde:

—¿Has traído mi libro?

Y cada mediodía, cuando Piruleta iba a casa de ella, preguntaba Heidegunde:

—¿Has traído mi libro?

—Mañana lo traigo seguro. Me haré un nudo en el pañuelo —prometía Piruleta siempre, y a la mañana siguiente tampoco tenía el libro, y a la tarde siguiente igual.

Hasta que un día Heidegunde perdió la paciencia. A la salida de la escuela le dijo:

—Piruleta, te olvidas siempre del libro. Voy contigo y lo recogeré yo misma.

Esto no le gustó nada a Piruleta. Su casa era mucho, mucho menos bonita que la de Heidegunde. Pero no podía decir «No puedes venir conmigo». Entonces dijo:

—Heidegunde, vamos mejor un rato al parque. De verdad que te traigo el libro mañana.

—Déjate de rollos —dijo Heidegunde—, eres un despistado, no lo traerás nunca.

El respondió:

—He olvidado las llaves de mi casa, no puedo entrar.

—¿Ves cómo eres un despistado? —dijo Heidegunde—. Acabas de meterte las llaves en el bolsillo de la chaqueta.

Heidegunde marchó tozudamente junto a Piruleta. Gracias a Dios que al menos la abuela está en casa de los Hofstetter, pensó Piruleta. Y se puso a hablar hasta llegar a la casa de que su madre iba a comprar muy pronto muebles nuevos, y de que iban a venir a colocar azulejos nuevos en el baño. Y que las puertas y ventanas estaban listas para ser pintadas.

Hasta en la escalera y frente a la puerta de su piso habló Piruleta sin parar y como una catarata de que su piso muy pronto, probablemente pasado mañana, quedaría mucho más bonito. Si es que no se mudaban a una casa nueva, una casa con jardín alrededor, como la de Heidegunde.

Piruleta abrió la puerta de su piso y guió a Heidegunde a la sala y le explicó que al día siguiente vendría un hombre a cambiar el viejo armario de plástico del vestíbulo por uno de madera de palisandro y hierro forjado.

—No sabía que te interesaban los muebles —dijo asombrada Heidegunde. A ella los muebles le eran totalmente indiferentes.

Ni siquiera sabía cómo era la madera de palisandro a pesar de que ella tenía media casa llena de palisandro. En el momento en que se disponían a ir al cuarto de los niños apareció la abuela desde la cocina.

—Hola, Piruleta —saludó la abuela—. No me sentía bien hoy, debe ser la tensión, así que me he venido antes.

Piruleta se quedó tieso.

—Pero ahora ya me siento mucho mejor —dijo la Yaya.

Observaba a Heidegunde. Piruleta notaba que la Yaya quería saber quién era la chica delgada, de cabello castaño. También notó que Heidegunde esperaba lo mismo: saber quién era la señora con el malestar de la tensión. Piruleta no tenía paralizados únicamente los brazos y las piernas, sino también los sesos. Sin embargo, hubiera sido muy sencillo. Podría haber dicho tranquilamente: «Yaya, ésta es Heidegunde», y: «Heidegunde, ésta es la Yaya», pues Heidegunde creía que Piruleta tenía dos Yayas. Pero al cerebro tieso de Piruleta no se le ocurrió esto. Al cerebro tieso de Piruleta se le ocurrió otra cosa completamente distinta:

—Buenos días, señora Leitbeg.

(La señora Leitbeg era una señora que vivía al lado y que Piruleta había visto sacudiendo un trapo del polvo por la ventana del pasillo cuando subía.)

La abuela lo tomó como broma.

—Buenos días, señor Bierbaum —dijo entonces.

(El señor Bierbaum también vivía en la casa, en el piso de arriba.) Y dirigiéndose a Heidegunde agregó:

—Y usted es la señora Bierbaum, si no estoy equivocada.

Heidegunde observó sorprendida a la Yaya, pero antes de que pudiera decir alguna cosa, Piruleta la arrastró a la habitación. Cogió con fuerza el *Libro de records* del estante, lo puso en las manos de Heidegunde y la empujó a ella junto con el libro fuera de la habitación, a través del vestíbulo hacia la puerta, y gritó:

—Adiós.

La abuela había vuelto ya a la cocina.

—¿No se queda la señora Bierbaum a comer? —preguntó ella desde la cocina—. Hay pastelillos de ciruela.

—No, no, señora Leitbeg; la señora Bierbaum se tiene que marchar en seguida —contestó Piruleta, y abrió la puerta, empujando a Heidegunde fuera.

Heidegunde se resistió.

—Pastelillos de ciruela —dijo—. Me gustan una barbaridad. En casa no los hacen nunca. Si llamo a mi mamá y le digo que comeré en tu casa...

Heidegunde no pudo continuar porque ya Piruleta la había empujado hacia la escalera. El tiraba de ella hacia abajo, mientras en voz baja decía:

—Te juro que no puedes quedarte aquí. La señora Leitbeg es una mujer muy rara. Está un poco loca.

Heidegunde encontraba también que la señora Leitbeg no estaba bien de la cabeza. De otro modo no la hubiera llamado «señora Bierbaum». A pesar de todo, Heidegunde quería volver a casa de Piruleta. Sentía un gran interés por las mujeres que no están bien de la cabeza y por los pastelillos de ciruela. Además, quería saber, desde luego, cómo una señora que no estaba del todo bien de la cabeza podía estar en la cocina de Piruleta y hacer pastelillos de ciruela. Piruleta contó a Heidegunde que la señora Leitbeg iba allí a limpiar y que sus pastelillos de ciruela eran espantosos (sobre todo, no saben en absoluto a pastelillos de ciruela sino a suela de zapato), y que era una persona realmente peligrosa. Muchas veces la encontraban riéndose a carcajadas y otras veces con ataques de furia. La madre y la abuela le tenían terminantemente prohibido, en cualquier caso, llevar niños a la casa cuando estaba allí la señora Leitbeg. Heidegunde suspiró y dijo:

—Bueno, entonces adiós —y se fue a su casa. El asunto le pareció extraño.

Piruleta también suspiró y también dijo:

—Bueno, adiós —y subió las escaleras de vuelta. Por ahora esto ha salido bien, pensó aliviado.

Las cosas siguieron saliendo bien por un tiempo. Pero una tarde se puso a llover a cántaros. Piruleta estaba en casa de Heidegunde y aprendían juntos una poesía de memoria. En eso sonó el teléfono, la mamá de Heidegunde fue a cogerlo y se le oyó decir

un par de veces: «Sí, sí, sí», y luego preguntó a Piruleta si había llevado su chubasquero. La Yaya estaba al teléfono, preocupada porque Piruleta no cogiese frío en el camino a casa. Piruleta había traído su chubasquero.

—Sí, ha traído su chubasquero, mi querida Hermana [1] —dijo la mamá por el teléfono, y entonces a Piruleta le pareció como que le partía un rayo. La mamá prosiguió por el teléfono—: Por otra parte, querida, todos aquí nos alegraríamos mucho de conocerla. Es ciertamente encantador saber que usted es la Yaya de Piruleta, querida Hermana.

Piruleta se dio cuenta de que debía obrar con rapidez. No quería ni pensar en cómo terminaría aquello, si la conversación continuaba. Piruleta intentó su tos de tos ferina, que siempre asustaba a su familia y que hacía que le trajeran agua, le consolaran y olvidaran todo lo demás. Piruleta se puso a toser mejor que otras veces, pero la mamá de Heidegunde no se olvidó de todo lo demás. Unicamente ordenó:

—Heidegunde, golpéale en la espalda —y siguió charlando con la Yaya de Piruleta.

Heidegunde golpeó en la espalda a Piruleta, riéndose, pues la tos le parecía muy cómica, y entre la tos, los golpes en la espal-

---

[1] En alemán se dice Enfermera igual que Hermana. La madre de Heidegunde cree que la abuela de Piruleta es Enfermera. (*N. del T.*)

da y la risa, no podía Piruleta seguir la conversación del teléfono. Y le ocurrió de pronto que empezó a toser de verdad, como si se hubiera atragantado con su falsa tos, y las lágrimas le rodaban por las mejillas. A Heidegunde ya no le pareció esto tan cómico.

—¡Mamá, ven inmediatamente! ¡Se ahoga! —gritó.

La mamá llegó con un vaso de agua. Piruleta bebió y su verdadera tos cesó. Piruleta echó una mirada a la habitación del teléfono y vio que estaba colgado.

—Tengo que irme a casa —dijo.

Heidegunde no quería que se fuera.

—Siempre te quedas hasta más tarde —le dijo.

Piruleta explicó que tenía que hacer una redacción y aprender todo sobre los pinos y también sobre los abetos.

—Mañana vendrá otra vez —consoló a madre a su hija—, y vendrá su Yaya con él. Lo hemos acordado por teléfono.

Piruleta se puso el chubasquero y se fue.

Marchaba bajo la lluvia espesa y el viento hacia su casa, y veía con claridad que su situación era más grave que nunca. Lo mejor hubiera sido emigrar de inmediato a Australia, al desierto australiano, donde no hubiera ni abuelas verdaderas ni pelirrojas, únicamente el sol y la arena y quizá los canguros.

¡Pero aún le quedaban las piruletas!

Una piruleta era, como siempre, lo único que podía ayudarle de verdad. Aunque, por cierto, desde el asunto del perro Lehmann la confianza de Piruleta en las piruletas se había visto gravemente quebrantada. Desde entonces Piruleta no había vuelto a utilizar los caramelos verdes.

Piruleta entró en la tienda de Variados Otto. Se quitó el chubasquero y se sentó en el saco de patatas. Había allí una señora gorda comprando detergente. Piruleta cogió una piruleta de la caja. La señora gorda pagó su compra. Piruleta quitó el papel que envolvía la piruleta. La señora gorda se apoyó en el atril y le contó a Otto el sarampión de su nietos. Piruleta lamía su caramelo. La señora gorda habló del sarampión de su hija. La piruleta de Piruleta estaba ya bastante transparente. La señora gorda habló de su propio sarampión, que le había dado hacía sesenta años. Un sarampión tan fuerte que el médico dijo que lo único que se podía hacer por ella era rezar. Piruleta levantó la piruleta hasta los ojos, observó a la señora gorda y pensó «¡Lárgate, tú, que ya está bien!»

La señora gorda guardó el paquete de detergente en su bolsa y dijo:

—Bueno, me largo, que ya está bien.

Saludó y se fue de la tienda.

Piruleta se volvió hacia Variados Otto, le observó a través del caramelo verde y pensó:

«Y tú, ya podrías darte cuenta de

que estoy metido en un buen lío.» Variados
Otto miró a Piruleta:

—Qué... ¿andas metido en algún
lío?

Piruleta dejó caer el caramelo verde
y asintió. En primer lugar, a Otto por lo de
los líos, y en segundo lugar, al caramelo verde, lo que quería decir: ¡O sea, que funcio-
nas!

—¿No me contarás tus dificultades?
—preguntó Variados Otto.

—Las resolveré yo solo —explicó Piruleta; se levantó del saco de patatas, cogió
su chubasquero y se fue a su casa.

Llevaba el caramelo muy tieso en la
mano. La abuela oyó que Piruleta subía las
escaleras y fue a abrirle la puerta. En seguida le dijo:

—Dime, Piruleta, ¿qué pasa con esa
señora, la mamá de Heidegunde? ¿Cómo es
eso de qué suerte de que sea tu Yaya? ¿Y por
qué me llama «Hermana» todo el tiempo?
¡Es rarísimo!

La hermana de Piruleta, que estaba
detrás de la abuela, comentó:

—A lo mejor es de alguna secta religiosa. ¡A veces tienen esas costumbres!

—Sí, sí, dicen siempre que todos so-
mos hermanos y hermanas —exclamó la madre desde la cocina.

Piruleta sostenía su piruleta firme-
mente y pensaba sobre la cuestión, pues no
tenía muy claro lo que el caramelo debía

hacer realmente. ¿Que la abuela renuncie a la visita?

Para comprobarlo, contempló a la abuela a través de la piruleta.

—Si es de una de esas sectas raras, prefiero no ir —dijo la abuela—. Algunos no buscan otra cosa que convertirle a uno.

—Te llamará por teléfono si no vas —dijo la madre desde la cocina.

Piruleta contempló a su hermana. A través de la piruleta, desde luego.

—Entonces les diré por teléfono que has tenido que salir de viaje —dijo la hermana.

—¿Y si llama a la semana siguiente? —dijo la madre desde la cocina—. ¿O a la otra?

Piruleta bajó la piruleta. Se dio cuenta de que ciertamente funcionaba, pero que para esto no le servía de nada. Y no podía andar por ahí todo el año con la piruleta delante del ojo. No iba a hacerse unas gafas de piruleta. O una piruleta-monóculo.

—Tengo que irme otra vez —dijo.

—¿Por qué? —preguntaron la abuela, la madre y la hermana.

—Porque sí —replicó Piruleta, y se fue. Y dejó el caramelo verde sobre el armario de los zapatos del vestíbulo.

Piruleta atravesó la lluvia espesa, bajo el viento, camino de la casa de Heidegunde. Tocó el timbre bastante rato en la puerta del jardín hasta que le abrió la tía Federica.

—¿Has olvidado alguna cosa? —preguntó la tía.

—Sí —contestó Piruleta.

—Piruleta está aquí otra vez y ha olvidado algo —avisó la tía, entrando con Piruleta a la casa. En la sala estaba toda la familia de Heidegunde.

—¿Qué has olvidado? —preguntó Heidegunde sorprendida.

Piruleta había traído sólo su chubasquero y el libro de poesías y las dos cosas se las había vuelto a llevar. De su chubasquero goteaba el agua de la lluvia sobre la moqueta gris clara.

Piruleta miró las gotas de agua que formaban una mancha gris oscura sobre la moqueta, y dijo:

—He olvidado decir que no tengo ninguna abuela enfermera pelirroja de nombre Erna.

Nunca en su vida había tenido Piruleta que pronunciar una frase tan difícil, y por ello lo dijo en voz muy baja. Nadie entendió nada.

—¿Qué has dicho? —preguntó la madre de Heidegunde.

—Yo no tengo ninguna abuela enfermera pelirroja que se llame Erna —repitió Piruleta.

La segunda vez le salió más fácilmente y un poco más alto. Excepto la abuela, que era un poco sorda, le entendieron todos, pero sin comprender nada. Pero si conocían a la enfermera Erna del hospital de lo que contaba Piruleta, incluso por el teléfono. Y se echaron todas a reír.

Piruleta tuvo que repetir su frase otra vez:

—¡De verdad que no tengo ninguna abuela enfermera pelirroja de nombre Erna!

Ahora lo dijo más alto. La abuela también se echó a reír.

Heidegunde le preguntó riéndose:

—¿Y quién vendrá mañana a visitarnos, si no tienes abuela?

—Yo tengo una abuela —exclamó Piruleta, y comenzó a reír con su risa aguda y entrecortada. Su risa de lágrimas—. Pero no es enfermera, y no vendrá mañana de visita, porque todas vosotras decís que las mujeres de la limpieza son interesadas y sucias y falsas.

Piruleta se dio la vuelta con rapidez y se marchó de la sala y de la casa, bajo la lluvia. Pensaba que había dejado todo suficientemente claro. Pero al cruzar la puerta del jardín le alcanzó Heidegunde. Sin impermeable. Ni siquiera un abrigo.

—Piruleta, no entiendo ni una palabra —le dijo—. ¿De qué va todo esto?

Piruleta salió a la calle, Heidegunde corriendo bajo la lluvia a su lado. Iba empapada. Piruleta corría cada vez más rápido y Heidegunde jadeaba a su lado y le juraba que no cedería, incluso con el peligro de coger una pulmonía doble, hasta que Piruleta no le

explicara el asunto de la abuela. Piruleta no le explicaba nada.

Llegaron frente a la casa de Piruleta. Variados Otto bajaba el cierre del escaparate. Cuando vio a Heidegunde sin abrigo bajo la lluvia también habló de una pulmonía doble.

—Voy a subir contigo —dijo Heidegunde a Piruleta.

—No —exclamó Piruleta—. ¡No quiero! ¡No te quiero más!

—¡Estás chalado, imbécil! —le gritó Heidegunde. Le castañeteaban los dientes del frío y de la mojadura.

—Mejor será que discutáis dentro de la tienda —les propuso Variados Otto—. Aquí dentro no hace frío y no os mojáis.

Piruleta no entró. Se quedó en la puerta. Pero Heidegunde entró a la tienda de Otto. Se puso junto a la estufa a calentarse. Otto le trajo una toalla con la que se secó el cabello. Estaba fuera de sí.

—Está completamente chalado —le dijo a Otto, y señalando a Piruleta agregó—: No le he hecho nada, y dice que ya no me quiere. Esto no puede ser. Antes ha dicho que no tenía ninguna abuela, pero nosotros conocemos a la abuela. Del hospital.

—¿Cómo del hospital? —preguntó Variados Otto.

—Porque nuestro hermano pequeño, mi hermano, estuvo en el hospital. Cogió un virus y allí le cuidaba la enfermera Erna.

—¿Quién es la enfermera Erna? —preguntó Variados Otto.

—La enfermera Erna es la abuela de Piruleta —explicó Heidegunde a Otto. No tenía la menor idea de que Variados Otto conocía a la Yaya desde hacía más de cuarenta años.

Variados Otto observó a Heidegunde, sorprendido, y luego miró hacia la puerta, y allí, por la acera de enfrente, iba la Yaya de Piruleta, llevaba una barra de pan y una bolsa con panecillos redondos de miga. Había ido de prisa a la panadería, antes de que cerraran. No llevaba abrigo y la lluvia goteaba del pañuelo de la cabeza y caminaba tan rápido como se lo permitían sus pies hinchados. Piruleta miró a la Yaya y le dio pena.

Heidegunde miró también hacia fuera y se asombró al ver a la Yaya.

—Pero si es la vieja que no está bien de la cabeza —exclamó—. La que a veces se ríe a carcajadas y le dan ataques de furia. La que hace pastelillos de ciruela que saben a suela de zapatos.

Piruleta entró en la tienda y se acercó a Otto.

Caminó hacia la estufa, donde estaba Heidegunde, y le dijo:

—La vieja está muy bien de la cabeza, nunca le dan ataques de furia ni se ríe a carcajadas. Y sus pastelillos de ciruela son riquísimos y ella es mi Yaya. Mi única Yaya.

Después explicó a Heidegunde todo

el asunto. Al menos seis veces le interrumpió Variados Otto:

—¡Qué barbaridad! —exclamaba.

Cuando Piruleta terminó con sus explicaciones, Heidegunde se quedó callada. Luego suspiró y dijo:

—Lo siento, Piruleta. Yo no quise decir eso. Tu Yaya es seguramente una excepción.

—Me importan un pito tus excepciones —exclamó Piruleta.

Heidegunde se volvió a quedar callada un buen rato, suspiró otra vez, y dijo:

—Lo siento, Piruleta. Creo que me he equivocado del todo. No únicamente con tu Yaya, sino también con todas las mujeres de la limpieza.

Piruleta sonrió. Y como Piruleta sonreía, también sonrió Heidegunde.

—¿Y ahora qué haréis? —preguntó Variados Otto.

—¿Ahora? ¿Cómo ahora? —preguntaron Heidegunde y Piruleta.

—Claro, mañana. ¿Irá ahora la Yaya a casa de Heidegunde?

—No —exclamó Piruleta.

—Sí —dijo Heidegunde.

Desde luego, la Yaya fue al día siguiente con Piruleta a la casa de la familia de Heidegunde a tomar café después de comer. Al volver contó a la madre que le habían servido pastel de fresas y café con nata, que la madre de Heidegunde era una persona normal, no de su gusto totalmente, desde luego, pero con la que se podía pasar un rato.

—Y eso de la secta religiosa debe ser un error —dijo al final—. Ella no me ha vuelto a llamar hermana. Unicamente me ha preguntado si podría ir a hacerles la limpieza, que me pagarían más que los Hofstetter. Pero yo estoy contenta con los Hofstetter, y no voy a cambiar de casa.

La fiesta de Piruleta
y de las piruletas

Había en la vida de Piruleta una enorme injusticia. Piruleta había nacido el 25 de diciembre, y esto significaba que nunca había celebrado su cumpleaños, ya que para la Navidad había de todos modos una gran tarta, y regalos había habido el día anterior; y que su madre le dijera por la mañana «Felicidades, hijo mío», no se puede decir que sea una celebración. Esto le irritaba y le hacía quejarse siempre:

—Quiero al menos por una vez tener mi fiesta de cumpleaños, como debe ser un cumpleaños.

Para Piruleta un cumpleaños debía ser, ante todo, una fiesta con muchos chicos, como la que había tenido Heidegunde, con veinticinco niños invitados. En el salón de su casa, Heidegunde había colgado lámparas de papel y guirnaldas y serpentinas. En el comedor había puesta una mesa con sandwiches y pasteles y refrescos y zumos. Había música de los Beatles y la hermana de Heidegunde y la tía Federica dirigían los juegos de los ni-

ños: carrera de sacos y la carrera del huevo y el juego de los disparates. Había habido premios para el primero, para el segundo y para el tercero.

Con una fiesta de cumpleaños así soñaba Piruleta. Cuando estaba en la cama y no podía dormir, se imaginaba su fiesta con todos los detalles. Lo tenía todo bien pensado. En el vestíbulo, las guirnaldas; en la sala, la mesa con las cosas para comer y las bebidas, y su habitación para bailar, y el dormitorio de la madre y la abuela para los juegos.

Una vez que su hermana tampoco se dormía, le contó Piruleta sus sueños como él los imaginaba.

—Hombre, Piru —le dijo su hermana, que dormía en la litera de arriba—. Hombre, Piru, nuestra habitación no es un salón de baile. Tiene sólo dos metros de ancho por dos ochenta y cinco de largo.

La hermana opinaba que el dormitorio de la madre y la abuela era también demasiado pequeño para jugar.

—Allí únicamente se podría jugar a la pata coja —dijo la hermana.

¡Era cierto! La sala era pequeña. La habitación de la mamá y la abuela, más pequeña, y la de ellos no era más grande que un armario para guardar escobas y plumeros de una casa de ricos. En su imaginación, Piruleta había agrandado el piso —cosa que en sueños está permitida— y no quiso oír las razones de su hermana, que estropeaban sus sueños. Se tapó con la manta los oídos y volvió a soñar con su fiesta de cumpleaños. Esta vez estiró su dormitorio de tal modo que se hizo una gigantesca sala de baile. Y la habitación de la madre y la abuela quedó tan amplia que hasta se podía jugar a tula en ella.

También a Variados Otto contaba Piruleta de vez en cuando la historia de la injusticia de su día de nacimiento y de sus deseos de una fiesta de cumpleaños. Y Variados Otto le dijo un día:

—Piruleta, te haces poco a poco más viejo y pierdes la fantasía. Eso no es más que una insignificancia. Alguien que se cambia el nombre, también puede cambiarse el día de cumplir años. ¿Qué te parece el uno de abril? El uno de abril es una fecha estupenda. Y en una semana será uno de abril. Si haces el uno de abril día de tu cumpleaños, podrías dar una fiesta dentro de una semana.

Piruleta salió corriendo a su casa y comunicó a la mamá y a la abuela que había trasladado su injusto día de cumpleaños al 1 de abril. La madre protestó un poco.

—¿Tiene que ser así, Piru? —le preguntó—. Este mes ando escasa de dinero, apenas me puedo permitir una fiesta de cumpleaños.

Piruleta explicó que tenía que ser así. Y que no necesitaba regalos. Nada de grabador, ni de bicicleta, ni del tren eléctrico, ni de la chaqueta de cuero. Sólo una fiesta de cumpleaños.

La abuela opinó que Piruleta realmente no pedía tanto. Y también creía que había que cambiar esa fecha injusta de cumpleaños. Y en cuanto a ella, podía Piruleta contar el 1 de abril con un grabador o con una chaqueta de cuero. O con una bicicleta. Ella no estaba muy apurada de dinero este mes.

Pero la fiesta de cumpleaños se la tenía que quitar de la cabeza, dijo. Para una fiesta de cumpleaños el piso era muy pequeño. Hasta para un tren eléctrico el piso era muy pequeño.

—Sólo podrías invitar a tres niños, a lo sumo —dijo la abuela.

—Quizá cuatro o cinco —opinó la madre.

—O seis, si no son muy gordos —dijo la hermana.

—Veinticinco o nada —porfió Piruleta.

—¡Entonces nada! —exclamaron la abuela, la madre y la hermana.

Piruleta tuvo a pesar de todo su fiesta de cumpleaños. Y la tuvo porque hizo buen tiempo ese 1 de abril, porque en la casa todos querían a Piruleta y porque Variados Otto no sólo se caracterizaba por tener ideas buenas, sino también, a veces, ideas geniales.

—¿Para qué tenemos...? —dijo Variados Otto a la abuela de Piruleta, que estaba comprando macarrones—, ¿para qué tenemos un patio tan grande ahí detrás?

—Para sacudir las alfombras —dijo

la abuela— y para los cubos de la basura y para los gorriones.

—Y para las fiestas de cumpleaños —dijo Otto.

—Pero eso no está en el reglamento de la comunidad —dijo la abuela.

—Tampoco está en el reglamento lo de los gorriones —aclaró Variados Otto.

—Bueno, consultaré con los inquilinos, a ver si no se oponen —dijo la abuela.

Los inquilinos no se opusieron. Excepto el señor Rusika, el del segundo piso. No quería. Pero la portera discutió con él. Y como con la discusión no se consiguió nada, la señora Bierbaum dijo:

—¡Entonces vamos a votar!

En la casa vivían, aparte de Piruleta y su familia, que no votaron, veintidós personas. El resultado de la votación fue veintiuno a uno. A favor de Piruleta, naturalmente. El señor Rusika había sido claramente derrotado.

El 1 de abril fueron veinticinco niños al patio de atrás de la casa de Piruleta. La señora Leitbeg abrió del todo las ventanas de su dormitorio y puso el tocadiscos a todo volumen con discos de los Beatles. El señor Bierbaum trajo carbón y colocó en el patio un enorme y viejo asador. La señora Bierbaum aportó veintiséis pares de salchichas y la mostaza, y el señor Bierbaum las hizo bien crujientes al carbón en el asador. La portera apareció con tres grandes bizcochos de chocolate y una tarta de crema, todo hecho por ella misma. La hermana de Piruleta colgó serpentinas en el tendedero de las alfombras y en los cubos de la basura. La abuela de Piruleta se las arregló para poner una tómbola perfecta sobre la carbonera del señor Rusika. Con premios y lotería, y todos los números tenían premio. Se podía ganar lápices y chicles y gomas de borrar y ranitas de metal, de las chillonas. La mamá de Piruleta, que ese mes había estado escasa de dinero, dirigió los juegos. Sabía una gran cantidad de juegos. Dirigió además la Estación de Primeros Auxilios. Curó la rodilla izquierda de Egon, que se había caído en la carrera del huevo y tenía la piel arañada. Variados Otto trajo cuatro cajones de Cola y uno de limonada. El señor Albrecht trajo de la droguería todas las estrellas de bengala que habían sobrado de la Navidad. Piruleta las colgó en la cuerda de la ropa y cuando las encendió, parecía casi como fuegos artificiales.

¡Era una fiesta súper! El señor Rusika, sin embargo, cerró sus ventanas, y como la fiesta seguía oyéndose a través de las ventanas cerradas, bajó al patio a protestar.

—Esto es un atropello —exclamó—. Destroza los oídos —gritó—. Exijo que todos los niños cierren la boca y continúen mudos con la fiesta.

—Eso ni pensarlo —dijo la portera.

Cogió un vaso de papel y recolectó dinero, en primer lugar de los mayores que había en el patio y después fue a la puerta de cada piso—. Por favor, una pequeña colaboración —decía.

Variados Otto, la Yaya, la señora Leitbeg, los Bierbaums y también los demás inquilinos pusieron algo para la colecta. Juntaron dinero suficiente como para una entrada de cine para el señor Rusika, al que enviaron a la calle principal, donde echaban en el programa de la tarde la película «El valle del silencio». Ahora a nadie molestaba ya la fiesta.

Empezó a llover un poco. Pero únicamente un poco. La Yaya entró a la casa y se trajo unos paraguas prestados. Una docena de paraguas, que bajó al patio, y los niños bailaron debajo de los paraguas. Desde arriba sobre todo, desde las ventanas, la vista del baile debajo de los paraguas era maravillosa. El señor Bierbaum la filmó en colores con su cámara filmadora y presentó después la filmación al concurso de su Cine Club, donde obtuvo el segundo premio.

Cuando dejó de llover, cerraron los niños los paraguas y se sintieron otra vez con hambre. Las fiestas provocan hambre, qué se va a hacer. Ya se habían comido las salchichas y también los bizcochos de chocolate. Sólo quedaban allí unos panecillos, pero estaban húmedos por la lluvia, y los chicos no los quisieron, así que Variados Otto apareció con unas cajas de turrones y rosquillas con chocolate de su tienda. Y con unas bolsas de gominolas y caramelos. Y con una caja de piruletas con palito marca PIRULETA MADE IN USA.

Los niños se comieron los turrones y las rosquillas de chocolate, y también las gominolas y los caramelos. Las piruletas siguieron en la caja. No a todo el mundo le gusta el sabor a menta.

Unicamente Tommi sacó una. Tommi no había participado de verdad en la fiesta. Sólo miraba. No había bailado tampoco. Egon le había preguntado a Piruleta ya dos veces:

—¿Quién es ese tío tan soso, que está todo el tiempo bajo el tendedero, sentado, y no habla con nadie? —y señalaba a Tommi.

Ahora volvía a estar sentado bajo el tendedero, lamiendo su piruleta, que se iba poniendo fina y transparente.

—Piruleta —dijo la madre—, Piruleta, sé amable con Tommi y preocúpate un poco por él. Se le ve tan solo, el pobre chico. Nadie habla con él.

Piruleta no pudo ocuparse en seguida de Tommi porque primero tuvo que servir una Cola, después tuvo que bailar un baile de honor con la portera y luego Heidegunde le enseñó un nuevo juego. Cuando después quiso ocuparse de Tommi, Tommi ya no estaba sentado bajo el tendedero. Bailaba ahora con Erika, y conversaba después con Egon y bailaba después con Gabriela. Y al comenzar

el nuevo baile dejó Tommi a Gabriela y fue hacia Eveline, la de los ojos color violeta de Parma.

«Seguro que se encuentra muy aburrido», pensó Piruleta, «y tampoco tiene dinero». Tommi estaba a unos pasos de Eveline, que se acercó a hacia él, le sonrió radiante con sus ojos de color violeta de Parma, y le dijo:

—Ven, Tommi, vamos a bailar juntos.

«Pero esto no puede ser», pensó Piruleta. «¡Pero si es totalmente imposible!». Y al observar con atención, vio que Tommi se había puesto la piruleta verde delante del ojo derecho. El izquierdo lo tenía tapado.

Piruleta cogió la caja de las piruletas. Al menos tres docenas de caramelos verdes había allí dentro. Puso la tapa otra vez y con una cuerda ató muy fuerte la caja de piruletas.

A las seis de la tarde la fiesta llegó a su fin. Heidegunde se dirigió a Piruleta:

—Piruleta, tu fiesta ha sido mucho más divertida que la mía.

Egon le dijo a Piruleta:

—Ha sido la fiesta más divertida de todas las fiestas en las que he estado.

Hasta al chucho de la portera le había divertido la fiesta. Había estado sentado en el alféizar de la ventana de la cocina de la portera y había temblado de alegría y aullado con la música.

El último en irse fue Tommi.

—Ha sido lo más bonito de mi vida —le dijo a la abuela de Piruleta.

Piruleta puso la caja de piruletas bajo el brazo de Tommi.

—Toma, ahí tienes. Yo no los necesito más.

Tommi miró la caja de caramelos, miró a Piruleta, miró de nuevo la caja de caramelos.

—Son unos caramelos muy especiales —dijo.

—Son muy ricos —dijo Piruleta.

—No es eso —dijo Tommi—. He notado algo en ellos. De pura casualidad. Cuando chupas un caramelo y se hace fino y transparente, y luego...

—Yo en tu lugar —le interrumpió Piruleta— no hablaría más y los cogería.

—De acuerdo, como tú quieras —dijo Tommi.

Se aseguró el paquete de piruletas bajo el brazo y se fue a su casa. Piruleta le miró marcharse y se quedó muy contento.

INDICE

Este libro se terminó de imprimir en los talleres gráficos de Rogar, S. A., Fuenlabrada (Madrid), en el mes de marzo de 1995, habiéndose empleado, tanto en interiores como en cubierta, papeles 100 % reciclados.

INFANTIL

SERIE MORADA
desde 8 años

ALFAGUARA